桜譜

金子瑞穂

目次

桜譜

一　六甲新四段

澤一樹《さわかずき》が四段になったのは二十歳の春であった。将棋界では、二十六歳の誕生日までに四段にならなければ、プロになる道が絶たれる。年齢制限の年までに、なんとしても四段にならなければならない、という厳しい道だ。ところが新四段になれるのは一年にたった四人、その門は狭く、三段リーグは激戦を極める。一樹は今春めでたく昇段を果たし、晴れてプロ棋士として認められた。

一樹はそれを機に、今まで内弟子《うちでし》をしていた師匠の家を出ることにし、近くにアパートを借りた。最寄りの駅は阪急神戸線六甲である。六甲山の裾野に幾つかの大学があるため、学生用の安アパートがあった。小さくても自分の城だ。学生とは違って、プロとして対局料が入る。独立した感慨も、ひとしおだ。

しかしそれを喜んでくれる家族は、彼にはいない。十年前、阪神淡路大震災が何もかも彼から奪い去り、以来師匠の家に住み込んでいたのだ。

神戸は坂の町だ。坂をたどればＪＲか阪急、阪神、いずれかの電車の駅に出られる。そこから何かに乗れば、小一時間で大阪に着く。

関西将棋会館は大阪にあり、主な対局場となる。対局の日は、日付けが変わるほど遅くなるときもあるため、若いうちは大阪に住む者が多い。しかし彼はまだ神戸から出て行くことができない。

（土が違う）

一樹は、そう思う。町なかでもところどころ地面が出ている箇所が見られるが、その地べたの土が違うのだ。今の自分を作ってくれたものは全てここの土に埋まっている。家屋の倒壊と共に埋まり、おそらく、それらは永久に埋まったままだろう。神戸に、彼の今までの全てが埋まっている。家族も、家族と自分に繋がる記憶も、全てがひっそりと埋められたままになっているのだった。

一樹はタイトル戦の記録係の仕事が入って朝から京都市内の会場へ出かけた。棋界には、名人戦の他に六つのタイトルを争う棋戦がある。いずれもトップの頂上対決だ。

京都へは、阪急電車で出かけた。阪急六甲から、西宮北口を経て十三まで神戸線に乗り、そこで京都線に乗り換える。電車は、兵庫県と大阪府、そして京都府を縫って走る。沿線には桜の名所が多い。

電車がごうごうと音を立てて夙川《しゅくがわ》を渡る。川筋には満開の桜並木だ。車窓からは遥か向こう、六甲山のふもとに桜色が広がっているのが見える。阪急六甲駅から西宮までは高校や大学が多く、新しい制服に身を包んだ高校生や、見るからに入学したばかりの大学生が乗ってくる。神戸線の桜は、新入生にこそ似つかわしい。

十三から特急に乗り換えようとホームで並んでいると、声をかけられた。

「澤じゃないか。おい、久しぶりだなあ」

それは震災まで近所に住んでいた同級の樫田勇樹だった。「京都に行く」と言うので、特急に並んで腰をかける。

「テレビで見たぜ。すごいな。四段になったんだって。親父、今でも将棋好きでさ。絶対応援するって、言ってた」

「樫田先生、元気？」

「ああ……」

そこで樫田は言葉を濁した。

「いいよ。遠慮しなくっても……」

二人の間に、一瞬、震災直後の風景がよぎった。樫田の家は、一階が診療室の医

院で、二階のガラス窓は全て壊れて吹き飛んでいたが、なんとか倒れずに立ってい
た。だが、筋向かいの一樹の家は猛火に包まれていた。

「でもきっと、おまえの親父さん、喜んでくれてるよ。がんばれよな。名人になれ
よ。きっとなれる。なれるよ。おまえなら……」

　樫田は、やや急き込《せ》んで言葉をついだ。

　京都の市街地に入ってしばらくすると、満開の桜に覆われている駅を通過する。

そのときは、ホームも電車も桜色に染まる。

「くそっ。受かればこその桜だよな。去年まではひどかったんだ、俺……」

　樫田は、二浪して、今春やっと京都の大学の医学部に入学が決まった、と言った。

「すごいな。やったじゃないか」

「お互いな。俺も二浪だし。浪人してるときってさ、ただ、息してるだけ、って感
じだった」

（自分は……その息さえもしていなかった）

　一樹が黙ったので、樫田も黙った。ややあって、樫田がぽつんと言った。

「つらかったんだろ。三段リーグ。話に聞くだけだけど」

「まあな。でも……これしかないし」

これまでどれほどの人間が、奨励会に入りながら年齢制限の枠内で昇段を決められず、プロ棋士になるのをあきらめていったことか。将棋でしか生きられない一樹は、もしこの世界に拒絶されていたらどうなっていたことだろう。もし何かの道を見つけたとしても、その挫折感は、はかり知れない。

将棋。それは、まだ人生のほんの入り口に立つ若者に、門戸を厳しく閉ざすことのある世界だった。

だが、一樹は必死の思いでこの世界にくらいついていった。その結果、彼の仕事は将棋に勝つことのみになった。子供のときから天才と言われてきた一樹だった。だが、自分程度の者はこの世界に掃いて捨てるほどいる。這い上がって、名人位まで昇り詰めなければならない。遠い道のりだ。

新四段は、全てC級二組というクラスに入る。そこにひしめくのは約五十人の棋士だ。そこで三度降級点を取ればフリークラスに落ちる。いったんフリークラスに落ちれば、這い上がるのは至難《しなん》の業《わざ》だ。フリークラスから十年上がれなければ、この世界を去らねばならない。今年の順位表では、澤一樹の名前の後ろに一本の線が引かれている。そこがフリークラスとの境界線だ。つまり彼の名が載っているのは順位表の最下位である。ここで降級点を取り続ければ奈落の底へ真っ逆さまである。

この一本の線を、絶対に踏み外すわけにはいかない。

「かずきちゃんの来る日は、お鍋にしましょう」

一樹の師である水島九段の妻、朝子はそう言って買い物に出かけた。

「おまえはあれに甘い。鍋はいかん。家族の匂いがする」

なんとか一人前になるまでは我慢させねば、と水島は思う。

「いつも一人なんですよ。何を食べているのやら」

朝子はそう言って、何かと一樹をかばいだてする。

水島夫妻には子がいない。十年前の震災の後、夫妻は一樹を引き取った。震災で身寄りのなくなった十歳の弟子を放っておけなかった。思いきって引き取ることにしたのは、あの震災が、大人でも担《にな》うのに重すぎる出来事だったからである。彼らもまた被災者であった。そのことが、「よそさまの子供を引き取る」という大それたことを決意させたともいえよう。

朝子は、育児の経験がないのに、いきなり小学生の母になった。

（私にも、子が授《さず》かった）

朝子は慣れない親業に戸惑いながらも、いつも心の奥底に喜びの焔《ほのお》の温《ぬく》みを感じていた。一樹は、夫にとって弟子であろうと、朝子にとっては大切な息子だった。中学の入学式には、自分までも新一年生になった気がして、学帽を被っておどけてみせた。そんなふうに、いつも子供と喜びを共にする母だった。

澤四段の出だしは快調である。やはり白星先行は気持ちがいい。大阪へ出るにも、足取りが違う。

一樹の最初の相手は、昨年四段に昇段したばかりの若手だった。日頃一緒にじゃれあって、気心の知れた仲間だ。しかし、将棋は駒の取り合いの激しい戦いになった。一樹は夢中で攻め続け、攻めの手を無理にでも作って攻め倒した。相手も生き残りをかけている。周りはみんな、敵だ。

毎週、将棋の新聞には星取り表が掲載される。朝子にとって、澤四段のところに白星の付いているのを見るのが、何よりも嬉しい。

「おまえは、私の若いときは、そんなに勝敗に一喜一憂してくれなかった」

と、水島がこぼすようになった。

「だって、口を差し挟める雰囲気ではなかったのですもの。負けたら、黙っていらしても、すぐ分かりましたし」

今まで朝子は、勝負師の妻として、夫に余計な心配をかけないようにできるだけ口数少なく暮らしてきた。仕事の話はどちらからも避け続けた。だが、このところ夫婦の間でときどき将棋が話題になる。

「次はおじいちゃんとの対局だから、気が楽ですよねえ」

C級二組というところは、これから上がろうとする若手と、上から落ちてきた年配の棋士との混成である。中堅の実力者は若いときにすでにこのクラスを駆け抜け、上のクラスに上がっている。同年輩に当たるか、年配者に当たるか、である。

「しかし、若手同士で死闘を演じて、じいさんで気を抜いていたりすると、ひどい目にあうぞ。老練で老獪《ろうかい》な手口の洗礼を受けることになる」

水島九段自身、若手と当たると、完膚《かんぷ》なきまでに叩きのめすことにしていた。それが若手のためにもなる、と確信していた。

彼は今、自分の将棋人生が完成期に入ったと思っている。若いときは幾つもタイトルを奪取し恐れられた。すでに永世タイトルも持っている。今も実力者として棋界にその名は轟《とどろ》いている。だが勝負においては、明らかにピークが過ぎた。今こそ棋士としての人生そのものを完成させる時期が来たのだ。だから近頃は連盟で責任ある地位に就き、また普及活動にも時間を割《さ》くようになった。次代の育成にも熱心に当たっている。

それだけに、一生かけて一筋の道をたどることの困難を、誰よりも身にしみて知っている師であった。

澤四段は勝ち続けている。だが、のびのびと指せているか、というと、そうでもない。水島九段は、今の一樹は勝負に勝つことだけしか見ていないのではないか、と思った。勝負に勝つためにはいろいろな問題をクリアしなければならない。心の問題、食の問題、そして身体のケアだ。それらの全てが棋士の人生を作っている。自分が勝つために、どう人生を設計していくのか、それを学んでいかなければならない。

一樹の同期の中には、気分転換の上手な者がいる。普段はうまくリラックスしていて、対局のときは徹底的に集中する。一樹はそうではない。彼は常に緊張の糸が張られている状態なのだ。しかも毎日、目いっぱい張られた状態で暮らしている。まずいことに、それが相手には分かる。

(やはり、あれは、勝負に勝つことだけしか見えていない。少し風を入れたほうが良いかもしれない)

そこで水島は、門下の研究会の後で、ちょっと思いついた、といったふうに話をい」

切り出した。

「実は君に指導対局の話がある。嫌なら断ってもいい。私の顔なら、立てなくてよい」

それは、「月に一度、京都の自宅で将棋の指導をして欲しい」という申し出であった。

「高名な日本画家という話だ。私は絵のことは全く分からないが、悪い話ではない、と思う。君のお母さんが卒業された美大でも、教えておいでだ」

対局のない日には十五時間研究を続けている一樹にとって、月一度でも潰れるのは、それだけ惜しい気がした。他の棋士はもっと研究しているかもしれないのに、という強迫めいた観念にとらわれていた。しかし結局承諾したのは、やはり水島の最後の一言に、動かされるものがあったためだ。

一樹の母は小学校の美術の教師だった。母が亡くなったのは、あの震災の朝ではなく、それから半年後のことである。過労死だ。母はなぜ、それほどまでに学校で働き続けたのか？　自分の限界を超えてまで、美術の教師であり続けたのか？　彼は当時まだ幼く、家庭で見せることのない、職業人としての母の顔を知らなかった。母が一生懸命であった絵画とは何なのか、どんな絵を描いていたのか、その一端すら知らなかった。

（母の絵の世界に繋がる人との縁かもしれない）

そんな思いから、一樹は京都の東山の山並みに沿うように連なる閑静な住宅街に通うようになった。

（煮詰まったら、全く違う土地に行って、自分に風を入れるのもいい）

それが水島九段の編み出した気分転換の一つの方法である。弟子にもそれが当てはまるかどうかは、やってみなければ分からない。


日本画家は鷲尾碧水《わしおへきすい》という。京都画壇の重鎮であった。碧水は、六十を過ぎていたが、年々新境地を開拓し、精力的に絵筆を握る生活を続けていた。彼は日々新たに挑戦しようとする、気持ちに若さのある画家であった。碧水の筆には勢いがあって、跡に清新な香りを残した。

東山の碧水の邸宅には、師の知友、尚文堂《しょうぶんどう》清徳の案内で出かけた。尚文堂は、水島九段の家にも出入りしている画商で、岡崎に画廊を持っている。自ら美術評論も執筆しており、水島とは妙に気が合う。

「近頃ご無沙汰しておりますが、どうです？　水島先生は、お元気ですか？」

尚文堂は物腰柔らかで、水島より年上のような印象を受けるが、実は五十歳で水島とは高校の同期だ。水島の場合、和服といえばタイトル戦で着用する羽織袴《はおりはかま》だが、この日の尚文堂は、着流しである。

彼は一樹の先に立って、おおらかに歩いて行く。男らしい衣擦《きぬず》れの音がする。一樹は、一本しかないネクタイを締めて、これも一着しかない春のスーツを着てきた。とにかく、何もかも、一樹の知らない世界であった。

大玄関を入ると磨きぬかれた大廊下が続いていた。奥へ奥へと入っていくと、突然明るい庭が見えた。若い緑がまぶしく光に揺れている。縁先を曲がると、ようやく奥座敷だ。障子は開け放たれていた。床の間には山水画が掛けられてある。

「ようお越し」

碧水は澤四段をにこやかに迎え入れた。

茶を勧められた。茶には桜の花びらが浮いていた。今年漬けたばかりの桜の花びらだという。

「まろやかですな」

尚文堂が口を付けたので、一樹もすすった。塩が効いている。それだけいっそう、菓子が甘く口に溶けた。

必要なことは尚文堂が適切に説明してくれたので、一樹が特に付け加えることはなかった。

「澤一樹です。四段です」

と、頭を下げただけだ。

「ほな、おきばりやす」

どちらに言うともなく声をかけると、尚文堂は座を立った。

画家は、将棋歴こそ長いのだが、初心者として始めたいと言うので、指導対局は六枚落ちで始めることにした。飛車、角、桂馬、香車を落とす。

「なんせ、還暦過ぎてますので。ゆっくりお願いしますわ」

口ではそう言いつつも、六十を越しているとは思えないほど背筋が伸びている。駒は使い込まれていた。将棋盤も特上のものだ。気持ちの良い音がする。

「先生は、お幾つで?」

「はたちです」

「ほう、よろしいなあ。若いのは、よろし」

画家は納得するようにうなずいた。よほど将棋が好きなのか、なんとなくうきうきした様子だ。一方の一樹は、水島九段からの教えを忠実に実行しなければならない、と固く心に誓っていた。

「指導するときは、けっして相手を潰してはならない。何かしら良い筋が見えたら、自然にそれが伸ばせるように。どんなに初心の相手でも、いつも、おまえの将棋が問われていると思いなさい」

内弟子であるばかりか、親代わりということもあって、水島は何かと教え諭すことが多い。一般には将棋の師と弟子の場合、魂の次元は別として、日常的な関係は淡白である。まして日常の注意をこと細かく与えることはしない。水島だって、一樹の兄弟子《あにでし》の原田には、将棋の研究のこと以外、あまり話らしい話をしない。しかし一樹にはその折々に心得のようなものを話してしまう。

それに対して一樹のほうはというと、ほとんど答えらしい答え方をしない。「はい」とか、「分かりました」としか答えない。本当に分かっているのか、と疑いたくなる水島である。

指導対局の報告に来たときも、

「行ってきました」

としか、言わない。

「どうだった？」

水島が尋ねる。

「タイトル戦をやっているところみたいでした。座敷が、なんか……」

「つまり、旅館みたいだったのか」

「はい。まあ、そうです」

彼の答えはそれだけだ。仕方なく水島も、「そうか」とだけ、答えた。


東山へは、丸山公園を突っきって行く。雨上がりの道に水たまりができ、青空を映す。空から花びらが降るようにちらちらと注ぐ陽の光が、池の波に揺れる。つかの間の晴れ間に、人声も明るい。笑い声もする。バンド演奏をバックに歌う人がいて、何人かが足を止める。梅雨が明ければ、夏だ。一樹はネクタイを少しゆるめた。

鷲尾家の前でタイを締め直して玄関で案内を請う。奥座敷で碧水は、将棋の新聞を広げていた。

「ええ調子ですなあ。ほれぼれする」

「はあ、まあ」

一樹が少しはにかんで答える。先日の対局の棋譜が載っているのだ。C級の場合、掲載は通常なら結果だけなのだが、内容のよい場合は、その棋譜が新聞に掲載されることがある。

「ほんま、ええ将棋でしたなあ」

碧水は、棋譜通りに盤上で駒を動かしていき、ときどき質問する。

「ここなんか、狙われてるの、分かっているのに、あっちに角打つなんて……素人《しろうと》にはなかなかできんことや」

「玉《ぎょく》の寄せは時間勝負です。例えばそれを止めて、この銀を動かす。まあ良さそうにも見えるのですが……ほら、だめでしょう?」

盤面を数手前に戻して、実際に駒を動かし、分かりやすく説明する。

「あるいは、もう一つの候補手だと、こうですね……でも、ほら、やっぱり手詰まりになる」

また盤面を数手前に戻して、別の指し手と、その数手先まで手を進める。

画家は、駒をばらばらにしたり、まとめ上げたりする一樹の手の動きをじっと見ている。彼の手は、艶やかで細く、白い。それが自在に動くのだ。その手は、あたかも駒より重いものを持ったことがなかったのではないか、と画家に思わせるほどだった。

碧水は、元来人なつっこい性格からか、あるいは日ごろ美大で学生に接しているからか、若い一樹の心をほぐすのがうまい。また、将棋を心から好いているのだろう。盤に向かう画家は、まるで子供のように心躍らせているのが分かる。

「ええ棋譜を、幾つも残していってください。楽しみなことや」

棋譜は永遠に残る。現代でも江戸時代の棋譜が残っていて、その頃の「将棋指し」の志の高さに心打たれる人も多い。将棋は、棋譜という形で受け継がれていくのだ。

だが、棋譜には別の使われ方もある。おそらくこの澤四段の棋譜もまた、今頃は徹底的に分析され、データ化されていることだろう。いつでも誰でもどこででも、その棋譜を検討することができ、参考にすることができる。次の対局の相手もまた、その棋譜を見ており、澤四段に対する対策を練ってくるだろう。彼の癖や勝負手の指し方や、失敗や成功といった全てが、棋譜という形で公開される。自分の全てを晒しているのも同然だった。

碧水の家を辞し、鴨川沿いを歩くと、川風が吹き渡ってきた。都鳥の群れが次々に足元から飛び立って行く。鳥の影が東山連峰を越えて、あっという間に小さくなっていった。琵琶湖岸のねぐらへ早々《はやばや》と帰って行くのだろう。

阪急電車も、けだるい午後の時間を過ぎると、次第に混み合ってくる。夕刻に西へ帰る電車は、その行く手の山並みに傾く夕陽をどこまでも追いかける。神戸に近づくにつれ、車窓がいっそう赤く染まる。

神戸行きの電車に乗っていて、気分が悪くなったことがある。なにやら重い石を抱いている感じだった。吐き気もしてきた。両親が心配して、「もう、おうちだから」と言った。それは確か、京都の動物園の帰りだった。両親は、子供の一樹が遊びすぎて疲れたせいだろうと考えた。その夜は、早くベッドに行って眠るように言われた。小学校の冬休みのことである。年が明けて、震災が起こる。

先頃、震災の前兆証言を集めた本を手にする機会があった。地震の前に、何らかの行動を起こした動物のデータや、普段とは異なる感じを持った人間の証言が集められていた。一樹は、自分と同じ経験をした人がいることを知った。人間も地球に生きる生物だ。生物として何らかのセンサーが働いたのかもしれない。地殻に大きな変動があるとき、その前に何か、前兆らしいものが地表に届き、それをキャッチする。そんな生き物としての本能があるのかもしれない。

電車に揺られながら、その感覚を思い出そうとしてみた。だが、今はその感覚がない。

（あれは、何だったのだろう。身体の深部から、こみ上げてくる不快なものは？）

しかし今は身体の中にしまわれているのか、もうなくなってしまったのか、何も感じられない。ただ、寒気がしてきた。

数日後、一樹は熱を出した。ただの風邪《かぜ》だと油断したのがいけなかったのか、なかなか熱が引かない。兄弟子の原田が見舞いに来た。

「どうした？　……風邪かあ？」

原田は包みをキッチンに置いた。

「これ、預かってきた。先生の奥さんから。栄養、つけろってさ」

「すみません」

一樹は頭が思うように上がらない。頭痛もひどい。

「医者には行ったか。いいよ、寝とけ。粥《かゆ》ぐらい作ってやるよ。俺、一人暮らし、長いし」

原田はキッチンに立つと、手際よく粥を作ってくれた。朝子に持たされた梅干を添える。

「一人だと、こういうとき、困るんだよね。学生だったら、日ごろ付き合いがあるから、結構助け合いなんかしているらしいけれど……うちのアパートの連中もそうみたいだけど、俺たちはなあ」

一人でぐったりしているしか、ない。だが原田の顔を見て、一樹は少し元気が出てきた。起き上がって粥に口をつける。

「まあ、食べられたら、そのうち元気になるでしょう」

「ありがとうございます。奥さんに、よろしく言ってください」

「自分で電話しろよ。そのほうが喜ぶ」

「でも……先生が出るかもしれないし」

「いいじゃないか、先生が出ても。何言ってるんだ、おまえ」

「また怒られる。プロともあろう者が、自分の健康管理くらいできなくて、どうする……って」

「しょうがないじゃないか。プロだって風邪くらい引くさ。対局日までに直せばいいんだよ。もっと、おおざっぱに考えろ」

一樹の小心さに半ば呆《あき》れながら、それでも原田はこまごまと世話を焼いてくれた。もう一度横にさせ、タオルを冷たく絞って額に当てる。

水島の弟子でプロ棋士は、今のところ二人だけだ。原田祐二六段は、年は一樹より八歳上で今年二十八、三段リーグが長く、昇段するのに苦労した人である。クラスは二つ上のB級二組だ。

「こうやっていると、思い出すなあ」

「やめてよ」

「しょっちゅう熱は出すし、吐くし、下すし」

「子供の頃のことは、もう時効だよ」

「俺はいいよ、別に。奥さんだよ、大変だったのは」

原田は、水島夫妻の苦労をふっと思い出していた。

「少し寝たほうがいいよ。そのほうが薬も効く」

ようやく寝息を立て始めた一樹の横顔を、原田はじっと見ていた。

(そうだよな。突然の地震で家が焼け、父親は死んだ。たった一人頼りだった母親も、朝、目が覚めると、冷たくなっていたんだ。仕方ないよな)

「赤ちゃん返り」のような症状が治まると、今度は、一樹は言葉を失っていた。全く周りとコミュニケイトできないのだ。他人との会話ができないばかりか、意思疎通の手段がない。もちろん学校にも行けない。

それを見て原田は、本当に水島が一樹を将棋の弟子にするのだろうかと疑った。

(将棋の道は茨《いばら》の道だ。内弟子に入れば、さらにその道が険しくなる。こいつには親がいない。それは、帰る場所がない、ということだ。そんなことができるのか、こんな小さい子に……）

だから先生は、澤を養子にするのかもしれない。

（そうなれば、将棋とは関係なく、目いっぱい愛情を注げる。甘えさせることもできる。先生の子供になったほうが、幸せになれるのではないか）

やはり、先生は、澤を養子にする。

それが原田の導いた結論だった。しかし実際は、内弟子となる方向に進んでいった。

（そのきっかけを作ったのは、俺だ）

今でも彼は、あのときの光景をまざまざと目の前に描くことができた。朝子は夕食の支度をしていた。水島は、別室で原稿を書いていたはずだ。原田は広縁に将棋盤が無造作に置かれてあるのを見た。片付けようとすると、少年が来て座る。

「将棋するかあ？」

語尾をわざと間延《まの》びさせて言った。

（どうせ、いつものように、無反応だろう）

と、原田は思った。一樹はそれまで他人に受け答えしたことがなかった。

「するならなあ……駒、持って来い」

重ねて言うと、少年は奥から将棋の駒袋を持って来た。

「おまえ、どこから？　ま、いいか。後で返しとけよ」

とりあえず原田は駒を並べた。その後のことを、彼は一生忘れない。

「先生。こいつ、将棋できますよ。思い出したんですよ」

驚いた原田は、奥へ水島を呼びに行った。

「この子は小学生大会で優勝している。両親が『弟子にしてくれ』と来られたのだ」

「やはり三つ子の魂ですね。先生、こいつが本当に将棋が好きだったのなら、ひょっとして、将棋がきっかけで、しゃべれるようになるかもしれませんよ」

先ず、原田はわざと負けてやった。そして大げさに頭を下げて、作法通り、こう言った。

「負けました」

勝ったのが嬉しかったのか、それとも原田の大げさな格好がおもしろかったのか、とにかく一樹はにっこりした。この家で初めて見せた笑顔。いい笑顔だ。いつのまにか、朝子も目頭を押さえている。

原田は、わざと駒をばらばらにして、盤の中央に盛り上げた。すると一樹はそれを並べ始めた。玉将を手に取り、次に金、銀と、大橋流の作法通り正しく並べる。手つきはすでに、奨励会員並みだ。

「もう一局指すのか?」

こっくりと、うなずく。

「なら、『お願いします』だ。『お願いします』と言え。俺も言うから」

「……」

「『お願いします』だ。もう一局やりたいんだろ。将棋はなあ、そう言ってから、やるんだよ。自分一人じゃ、できないんだ。分かるだろ」

「おねがい……」

「そうだ」

「おねがいします」

「ようし。今度は、負けないぞ」

水島が原田に代わるように言い、座に着いた。改めて二人は礼を交わし、盤に向き合う。

終わった。一樹の勝ちだ。

「先生、これは?」

原田が聞いた。

「澤が優勝したときの棋譜だ。会心譜と言える」

「こいつ、よく覚えていましたね」

「将棋指しならな。誰でも、こういう嬉しい思い出の棋譜は、身体にしみ込んでいるものだ」

「やったな、おまえ。よくやったな」

原田は、一樹の髪の毛がくしゃくしゃになるほど乱暴に頭を撫でてやった。そして思った。

(先生は、澤を弟子にされる。だって、たかが小学生の大会の棋譜じゃないか。その棋譜に、先生はすでに検討を加えていた。それだけではない。澤の手に迷いがあったときは先生のほうで誘導していた。確かに、優勝したときの嬉しさは何ものにも代えがたい。先生はそれを再現して、澤に将棋の喜びをもう一度味わえるようにさせたのだ)

それは現実になった。水島は、引き取った一樹を、養子としてではなく内弟子として育てることにした。そのときから一樹にとって、水島夫妻は「お父さん」と

「お母さん」ではなくなり、将棋の師とその奥さんになった。

朝子は、一樹が四段へ昇段を決めた日、あのときの将棋のことを振り返って、こう言った。

「将棋の神さまが、あの子を救ってくださったのね。きっと」

原田は答えた。

「違いますよ。神さんはそんなこと、しません。ただ、この道でしか生きられない、と教えてくれるだけです。俺にもそんな経験がありました。先生にもあったと思います。澤だけじゃない。俺たちはみんな、それを、思い知った人間なんです」

だが今、原田はそれだけでは不十分であることを知っている。「ここでしか生きられない」だけでは、不十分なのだ。「俺はこういう将棋をやりたい。俺の将棋はこれだ」というものを持っていないと、けっして上へは行けない。

水島には、それがある。だから、原田は水島に憧れて入門した。その頃、水島は「鬼水島」と呼ばれ、恐れられていた。

近頃、水島は「自分の将棋人生は、まとめに入った」と言っている。

――いったい、あの「鬼水島」はどこへ行ったんだ。五十歳がまとめだって？

冗談ではない。五十で名人になった棋士だっているんだ。

（先生、人生をきれいにまとめないでください。たとえ惨敗して矢折れ、刀尽き、落ちていっても、古武士然としていてほしい。『まとめ』なら、後世の批評家が、いくらでも綺麗にまとめてくれますよ）

しかし幾らなんでも、弟子の原田六段が、そんなことを水島九段に面と向かって言えるはずがない。ただ原田は、いつも水島の考えだけは正確に読めるのだった。将棋は読めない。彼にとって水島はまだまだ雲の上の存在だ。棋士の実力は、クラスが一つ上であるだけで、恐ろしいほどの違いがある。だから水島の数手先を読む、読みきるのは、原田にとって至難の業なのだ。だが、考えは読める。数十手先までも、すらすらと読める。

（先生は丸くなられた。弟子がタイトルを獲ったら引退しよう、とまで考えている。そして、その弟子は必ずや名人位に就く！　とまで、確信している）

棋界には七つのタイトルがある。水島はそのうちの一つの永世タイトルを持っている。何回か同じタイトルを獲ると、永世称号保持者となれる。しかし「名人」には届かなかった。三度挑戦しても届かなかったのである。棋士にとって、「名人」は棋界の頂点に輝く位だ。誰もが憧れ、それを目指している。しかし水島はそれには届かなかった。

こうして一樹の寝顔を見ていると、原田には持っていき場のない感情が湧き起こってくる。なぜ澤なのか。なぜ自分ではなく澤なのか。名人になる人間は、すでに若い頃からそういう素質を感じさせるという。そういう人間として存在を認められるというのだが……。

テーブルに一樹の棋譜が置いてある。一人で検討していたのだろう。原田はそれを手に取ってみた。一樹は、勝つときは圧勝する。これが四段かと思うほどである。だが、負けるときは全くだめだ。腰が引けているというか、腰砕けというか、とにかく脆《もろ》い。苦手とする対局相手がいるのでもない。また、戦法に難があるわけでもない。これはいったい何なのだろう。ふっと弱気になるのだろうか？　これでは、上へは行けない。それだけは、自分の経験から、断言することができる。
（これで名人が獲れるのだろうか。本当に澤が名人になるのだろうか）

手を伸ばして、一樹の額のタオルを手に取った。かなり熱くなっている。彼はそっと立つと、冷水ですすいで、一樹の額に当ててやった。一樹は、何やら呻《うめ》くと、また深い眠りに落ちていった。

二　祇園花屏風

　鷲尾邸での指導対局の終わる時刻を見はからって、尚文堂が画廊の車で迎えに来た。四条通りに出ると祇園囃子が聞こえてくる。季節はすでに初夏、一樹の麻のシャツにも汗が滲み始めている。

　五条通りに出ると、運転をしている尚文堂が口を開いた。

「お母さんの学校へは、初めて?」

「はい。すみません、わざわざ……」

　一樹が礼を言いかけるのを制して、尚文堂は言った。

「いいんですよ。美大へはしょっちゅう、仕事でね。しかし驚いたでしょう」

「はい」

「お母さんの絵が学校にあったんだね。いや、水島に聞いてはいたんですよ、お母さんが画家だって。そうなると、鷲尾碧水先生からの将棋の話も、やはりご縁だったのかなあ」

「いえ、画家だなんて、そんな。小学校の教師でした」

「いやいや、あの美大を卒業しているのだから、たいしたものです。他に作品は?」

「家が焼けたので、何も」

「そうですか。それでは貴重な……」

収蔵庫の事務室に着くと、担当官は事情を説明し始めた。

「澤さんは、たしか『美術教育科』でしたね。卒業生名簿によりますと」

「僕は詳しいことは知らないんです。でも、美術の教師でした」

「実は、澤さんの絵なのですが、学内のギャラリーで展示することになっていました。ギャラリーは卒業生の発表の場なのです。搬入はされたのですが、震災が起こってしまって、展示できなかった。このたび美術館で卒業制作展を催すので、再び展示なさってはいかがでしょうか」

担当官は改めて一樹に哀悼の意を表し、絵画を運び出してきてくれた。

「ほら、ここにサインがある。サワメグミ。『澤愛実』で間違いないですね。画題は『かずきと』」

それを受けて、尚文堂が絵の印象を語った。

「これは……神戸港のメリケン波止場ですね。この子は……面影がありますね。温かい……いい絵だ」

さらに画廊のオーナーとしての感想も述べた。

「絵や彫刻を扱っていますと、なんですね、それが世に出てくる時期は、作品が決める、という気がしますね。今こそ……というとき、出てくるものです。お母さんは『今』これを、あなたに見せたかったのかもしれない。プロ棋士として独立した『今』こそ。そこに意味があると思うのは、私だけでしょうか」

それに対して一樹は、ただうなずくだけだった。

母の絵は、他の卒業生たちの絵とともに、京都市美術館で展示されることになった。展覧会の初日、一樹は朝子と京都に出かけた。朝子は着物を着て改まった顔つきをしている。どっしりした洋館の階段を踏みしめて上がると、そこが卒業生のコーナーだ。

朝子と並んで、母の絵を見る。

「一樹さんだね」

朝子がつぶやく。

お母さんと子供が一つになった絵だ。

（こんな小さなお子を残して、さぞ無念だったでしょうね）

朝子が声には出さずに、しばらくの間、絵に向かって語りかける。

神戸の港を背景に、若い母が子の肩に手を掛け、男の子はまぶしそうに微笑《ほほえ》む。母の真っ白なブラウスと若葉色のカーディガンが、さわやかだ。

朝子は一樹のこんな明るい笑顔を見たことがない。この人はこの子をどれほど慈しんでいらしたか、と思うと胸が痛んだ。

澤先生の絵が出展されるとの知らせを聞いて、母の教え子たちも来館した。

「あ、先生だ。ほんと、そっくり。先生がいるみたい」

と、懐かしそうに言う。朝子が年を聞いてみるとみんな二十歳だった。母が最後の担任をしたクラスの生徒たちで、一樹とは学年が同じだ。

「先生には、いっぱい思い出があります。お世話になりました」

「避難所でも、学校でも、ずーっと一緒でした」

「あの頃、先生は避難所のお世話もなさっていて、両方の激務がこたえたのだろうと思います。ご自身も被災していらしたのに、おいたわしくて言葉もありません」

美術館を後にして、一樹は朝子と疎水に沿って歩く。かつて琵琶湖から京都に水が引かれた煉瓦造りの水路である。人の手で造られたものだが、時代を経てすでに風景と溶け合っている。絡まる蔦《つた》も街路樹も紅葉しており、踏みしめる落ち葉は湿っていた。晩秋の時雨《しぐれ》が通り過ぎた跡だろう。

「一樹さん、顔色が悪いわ。休みましょうか」

朝子にとって、一樹とこうして京都を歩けるのは嬉しいことだったが、次第に一樹の顔色が悪くなっていくことに気づいて心配になった。悩みを抱え込んでしまったとき、いつも顔に出る。

「水島には、言わないわ。口に出せば楽になることもあるでしょう」

と、朝子はさりげなく水を向ける。

(先生には言わないから、言ってごらん)

この言葉をこれまで何度となく繰り返してきた朝子だった。幼い頃は、返答の内容を推し量ることができた。たいてい他愛もないことだった。しかし今回のそれは、彼女には思いもよらないことだった。

「あの人は誰なのです。僕には分からない」

「えっ、あの人って?」

「あの絵の女の人です」

「お母さんの絵のこと？　お母さんよ」

「大学で絵を見たときから、ずっと思い出そうとしていたのです。教え子たちは、そっくりだと言うが、僕には覚えがないのです」

「何を言ってるの。お母さんじゃない。私もお目にかかりましたよ、水島を訪ねていらしたとき。あなたも一緒だった」

朝子は急に、はっと胸を突かれた。思い当たることがある。

――水島と私は一樹さんに震災を忘れさせることに懸命だった。家が焼けたために、アルバムも残されてはいなかった。仕方がないとはいえ、私たちは遺影を安置することをしなかった。大切なお父さんと、お母さんの……。

教え子たちは幾枚も写真を持っている。この年頃の子供というものは、アルバムを見て、記憶を確かなものにしていくのだろう。傍にいる親が、「あのときはこうだった、いや、ああだった」とか言って、思い出を一緒にふくらませていくものだ。だけど私たちは、敢《あ》えてそんなことをしなかった。もちろん、写真を学校に頼んで譲ってもらうこともしなかった。生徒たちのほうが、お母さんとの思い出をたくさん持っているなんて、なんてひどいこと……。

うつむいた朝子の背に、一樹が乾いた声をかけた。

「そんなにいい絵だと言うのなら、彼らにあげてください。僕は、要《い》りません」

翌週の対局で、一樹は惨敗した。絵のことが影響しているとは思えなかったし、思いたくもなかった。今までが調子良くいきすぎたのだ。誰にでも波がある。調子の波、体調の波、運の波だ。四段になって日の浅い彼は、そういった波に乗ることに、まだ慣れてはいない。当然、負けることもある。しかし今回の場合、その負け方が問題だった。

終盤まで勝利を確実に手中にしながらの敗北だった。敗着は最終盤での大悪手である。序盤での悪手は挽回もできるが、終盤になるほど取り返しがつかない。相手玉を詰めにいって、もう一手というところで、詰めを間違えた。相手もプロだ。これをとがめ寄せきるのに、そう時間はかからなかった。一瞬、頭の中が真っ白になり、それで終わりだ。なぜ間違えたのか、合理的な理由が思い当たらない。

（何をやっているんだ。あそこまで詰めておきながら、結局ひっくり返されるのを、黙って見ているしかないなんて！）

タイトル戦の予選で負けた。新人王戦でも負けた。順位戦の日がやってきた。順位戦も、残りがわずかになってくると、昇級と残留の争いが熾烈《しれつ》になる。全勝の澤四段は昇級がちらついている。しかし今日負けると、順位が下であるだけに、昇級は確実に遠のく。反対に、相手は降級の可能性がある。だから、どちらも目の色を変えて戦うことになる。持ち時間を使いきり、一分将棋が続いた。日付けはとうに変わっている。身体の疲れや眠さなどは吹き飛んでしまい、ただ頭の中だけが沸騰している状態が続く。絶対に負けたくない一局だ。しかしその対局にも負けてしまった。

(何もこんな日に。僕は、いったい何をやっているのだ)

翌日は母の絵の搬出の日だった。迎えに行ってやらねば、また、あの絵は迷子になってしまう。

ハジメ、母ノカラダハ熱カッタ。熱ヲオビタ頬ヲ、僕ノ頬ニ当テテキタ。最後ノ力ヲ振リ絞ッテ、僕ノカラダニ自分ノカラダヲ添ワセテキタ。強ク抱キシメラレタ。耳元デ「カズキ、カズキ」ト呼ブ。「ドウシタノ？　熱ガアルノ？　ママ」「オモイヨ。ママ」

母ノ胸ノドキドキガ止マッタ。母ハシダイニ冷タクナッテイッタ……冷タクナッテシマッタ。セメントガ固マルヨウニ、重クナッテイッタ。僕ニ手足ヲ絡マセテ、母ハ息ヲ引キ取ッタ。

一樹は息を詰め、その状態のままで、朝を迎えた。

翌日、一樹は、絵の搬出に京都市美術館を訪れた。卒業生の展示室に行ってみると、母の絵はすでに外され、簡単に梱包が施されていた。礼を言って、絵を抱えて部屋を出ると、「鷲尾碧水作品展」の案内が目に留まった。碧水だけの展示室があるのだ。特別に来賓受付の準備もされていて、扱いが格段に違う。いかにも大物という感じがする。

(そういえば、あの人、絵描きだったけれど……いったいどういう絵を描いているのだろう?)

一樹は碧水の絵を見たことがない。自宅で絵を描いている様子もないし、特に絵が飾られているわけでもない。軽い好奇心も手伝って作品展会場に入ってみた。

展示替えのため、数人の職員が忙しく立ち働いている。そこへ、マスクと白い手袋をした職員が二人、かなり大きな作品を運び込んで来た。梱包をていねいにほどき、そのまま一番奥へと進む。磨きぬかれた檜張《ひのきば》りの横長の台が設《しつら》えられていた。すでにその場にライトが集中している。その物々しい様子に、作業中の人々が皆、いったん手を止めて注目する。一樹はそのとき、たまたまその作品を見るのに最も好都合な位置にいた。

人間の丈《たけ》よりも高い二双の屏風《びょうぶ》である。静かに、ゆっくりと屏風が開かれていく。屏風の中の闇の部分に、次第に光が射し込んでいく。屏風が開かれていくのを見たとき、一樹は不思議なときめきを覚えた。視線を闇に集中させ、その闇に息を潜める。目が離せない。開かれる瞬間に向けて、視線はただ一点に集中していく。屏風の闇の中に息づいているものが、ついに光の中に出で立つ瞬間が来る。

金泥の地に桜の大樹。古木らしい大きな幹と屏風いっぱいに広がる満開の桜。

「おお」

いっせいに静かな歓声が上がる。

桜が散り、桜が舞う。厳かな瞬間の悦楽。

ひとりの少女が、枝と枝の間から透けて見える。

手にはいっぱいの桜の花びら。

そこへ一陣の風。

手の中から、花びらが一枚一枚、風に舞う。

まるで、桜の精のように。

古木が年月をかけて、ただその成長を見守り、おのれの極上の精気を注ぎ尽くしてきたかのような少女の姿。


これは、人間ではない。

清らかで透明な、桜樹の精。


その場に居合わせた誰もが、思った。

このような傑作だけが、部屋全体に桜吹雪《ふぶき》を降らせることができるのだ。今このとき、この場所で舞う桜が、ここに居合わせた人々の目には、はっきりと見えたのだった。この一作で、画壇は必ず鷲尾碧水の前にひれ伏すだろう。

指導対局の後、一樹は思わず口を開いた。

「素晴らしい屏風でした。脱帽です。母の絵と比べると、なんか、こう……本当に名人の絵でした。負けました」

「あは……おもしろいこと言いますなあ。でも絵は、比べたらあかん。将棋も同じ。あなたと水島先生、棋風がちがう。比べることはできないでしょう？　水島先生が強いとしても、あなたの棋風を慕う人もいる。絵もそうや。勝ち負けや、おへん」

「はい」

「と、言うても、勝ち負けでもある。私はあの屏風で、勝負に出ました」

「分かります。勝負の気迫が伝わってきました」

かつて尚文堂が「あのお人はいつか画壇に勝負をかける」と言っていたことを思い出した。

「せやけど、ただの勝ち負けだけ、でもない」

「……」

「将棋かてそうや。勝ち負けだけやったら、犬畜生でもする」

最後の一言は、少し語気を強めて、視線は宙の一点を睨んでいた。まるでその先に、戦う相手がいるかのような睨み方であった。

尚文堂は「あの先生は画壇に敵が多い」とも言っていた。

画家は一樹にも茶を勧めると、自分も一口、すすった。

「お母さんの絵もありましたな」

「はい」

「あの絵、お母さん、どしたな。きれいな人や。横に可愛らしい坊《ぼう》……。せやけど先生、もう親離れせんと……」

画家は、面と向かって言いにくいことをさらりと言ってのけた。そして少し口元をゆるませて続けた。

「先生。モデルの子、連れて来ましょか。あの屛風のモデルの子」

「あれ、モデルさんがいらっしゃるのですか？　桜の精かと思った」

「まさか。息してましたで、確かに。そや、それがええ。来年の春、みんなで花見に行きましょ。ただし、ただの花見では、おもしろうない。先生が見事昇級して上のクラスへ行かはったら、お祝いしましょう。約束や。モデルの女の子と、昇級のお祝いしましょう」

画家は、じっと一樹の目を見つめて付け加えた。

「あの子、そういえば、お母さんにも似てますなあ」

ふふ、と画家はおもしろそうに含み笑いをした。それは、やはり、あの崇高な屛風とは不釣り合いな笑みであった。

昇級するためには、澤四段はもう負けることは許されない。今期の全体の戦況を考えると二敗では危ない。たとえ一敗をキープしたとしても、昇級できるかどうかは、上位の棋士の成績による。同じ成績なら上位の棋士が昇級するシステムになっているからだ。今期このクラスに上がったばかりの一樹は、順位ではまだ最下位だ。今までのような心構えでは絶対に負ける。今さら、策を弄しても仕方がない。勝ち負けにこだわらず、とにかく将棋を極めよう、極めたい、という姿勢でいこう。自分の一番の得意戦法で、自分自身の工夫の手で、とにかくぶつかっていくしかない。

澤四段にしては、めずらしくしっかりした腹のくくり方であった。さまざまな不利な条件の重なりが、勝星へのこだわりを捨てさせたのかもしれない。

次の順位戦の対局が、静かに始まった。

序盤は、両者とも相矢倉の定跡通りの手順で、一手、一手進んでいった。定跡は時代を経るうちに練り上げられ、磨き抜かれてきたものだ。手順は誰もが知っている。しかし定跡通りに指していったからといって、テキストのおさらいをしているわけではない。先手の指し手と後手の指し手の間には、構想力の働く、限りなく深い空間が横たわっていた。

澤四段は、その構想力に天性のものを持っていた。すでに水島九段が、彼の小学生のときの棋譜に、その光るものを見出していた。それは幼い一樹に天から贈られてきたものだった。まるで光が水滴となって、一しずくだけ落ちて来たかのようである。他人にないもの、それこそが自分の武器になる世界だ。

序盤の構想が良く、駒がぶつかり始めたときには、一樹が全体をうまくリードしていた。後はおもしろいように駒がのびのびと働いてくれた。優勢からさらに勝勢へ、そのまま終盤へと流れを引き寄せる。今まではそれが難しいことのほうが多かった。だが今回は思うように行けそうだ。身体に何か一本の芯が通ったような気がする。確かな手ごたえがある。相手の投了は、当然だった。

次の順位戦の対局があっという間にやって来た。上位者が星の潰し合いをし始めている。それをよそに、無心の一樹は気楽に戦えた。将棋は気持ちが大きく作用する、とよく言われるが、全くその通りの結果になった。相手は昇級を意識して、戦線を離脱していった。

だが本当に大変なのはここからだ。澤一樹四段はＣ級二組、原田祐二六段はＢ級二組、そして水島晃之《あきゆき》九段は、A級の最終局を迎えようとしていた。これで一年間の成績が出揃い、各クラスの昇級、残留、そして降級が決定され、来期の全棋士の順位が決まる。頭上遥か彼方、最上位には、名人位がある。

この時点で、澤四段は八勝一敗、自力昇級の可能性が出てきていた。相手も同じ成績である。どちらか勝ったほうが昇級する。この最終局が一年の全てを決するのだ。

絶対に勝ちたい。こんなチャンスはそうあるものではない。昇級は、できるときにしておかなければ、また一年長く同じクラスで戦わなければならない。

(このチャンス、絶対に生かしたい)

欲が出た。それが盤面に投影される瞬間が必ず来る。それが吉と出るか凶と出るか、今はまだ分からない。とにかく、ここからの一勝が、限りなく遠い。

最終局の前日、緊張で吐き気がしてきた。一樹の場合、何かあるとすぐ胃にくる。

そんなとき、詰め将棋が浮かんだ。昔夢中になっていた詰め将棋の本があった。父が買ってくれたのだ。将棋を教えてくれたのも父だった。その本は、ぼろぼろになるまで使ったので、今でもよく覚えている。

頭の中で一枚、また一枚と、ページをめくっていく。そうすると頭の中が、駒の動きを創造する一つの生き物になっていく。動きは、もちろん一つだけではなかった。幾つも幾つも枝分かれして、まるで蔓性の植物のように伸びていく。だが、最後にめざすのは、一つだ。それは盤上にたった一枚の駒。

めざすのは、相手玉。これだけだ。

奨励会時代、水島九段に指摘されたことがある。

「そう一直線に行くのも問題だな。全体の局面を、もう少し上から見下ろさなければ」

「どうしたら、見下ろせるのでしょうか」

馬鹿な質問だった。

「勝てば、良い」

高みに行かなければ、そこからの眺めは分からない。下から見上げていただけではなにも変わらない。一つ勝てば、さらに高い地平に立てる。

おそらく水島はそう言いたかったのだと思う。とにかく十代の一樹にとって、先生の言うことは絶対だった。彼にとって水島は恐ろしい存在だった。一樹は、詰ませに行く線的な考え方と、局面という面での捉え方を、徹底的に研究することにした。師匠と同じ屋根の下で暮らす圧迫感は、とにかく凄《すさ》まじいものがあった。

Ｃ級二組最終局は、同時刻スタートだったが、結局昇級を争う澤四段の対局が最も長くかかった。「澤が勝てば、たった一年で昇級」ということで、大変な注目を集めている。それと同時に次第にふくらんでくる昇級への期待が、棋士を押しつぶすプレッシャーになる。こんなとき、誰もが、とても平常心を保てなくなるものだ。特に終盤、勝ちが見えたとき——このときが、一番危ない。

勝ちが見える。

澤四段は、ついにその瞬間を迎えた。だが、それはいつ消滅するか分からない。これからが本当の勝負だ。「勝ちが見える」から「勝つ」までは、無限に長い時間だ。自陣を守りつつ、相手玉を詰ませに行くために、的確な指し手を積み重ねなければならない。最終盤、何もかも失ってしまうか、あるいは歓喜の瞬間を迎えるか、それは一手一手に委ねられている。相手は経験豊富だ。なんとかして一樹の悪手を誘い、局面をひっくり返そうとする。こうなると、疲れとプレッシャーで、一樹のほうが追い詰められた心境になる。

終盤でひっくり返されたことが何度もあった。勝ちを意識したときの人間は脆い。一樹は気持ちがぐらつくとき、特に脆さを露呈する。終盤での悪手という結果を引き起こしてしまう。その一手を指したがために、自陣をいいように荒らされたことがあった。また一方的に寄せられたこともある。それなのに、手をこまねいて傍観していなければならない。そのもどかしさ、痛さが忘れられない。最後の一勝が、本当に限りなく遠い。

ついに持ち時間を双方とも使いきった。ここからは一分将棋だ。一分以内で次の手を考え、それを指さねばならない。相手が指した瞬間、時計係が秒読みを始める。

「……四十秒……五十秒……六、七、八、九」

これが、どちらかの投了まで延々と続けられる。

「秒読みに入ってから、何手いったの？」

すでにB級二組に残留を決めている原田六段が、控え室に現れた。

「十手、いや、十一手ですね」

研究会の仲間が答える。

「盤面は？　ひええ。これ、ほんとに澤がいいのかなあ？」

「ひっくり返ってますね。まずいなあ」

「いや、まだだ。まだいける。だけどあいつ、こうなると、気、弱いもんなあ。攻めが続くかなあ」

「どうでしょうね。分かりませんね。考えている間がないですもん」

「指運か?」

「いや、やはり、これは読み筋ですね。澤さん、すごい。やりますね」

「角切って、銀取って、取って、桂打って……詰むじゃん」

「いや、歩がないんですよ。惜しいな」

「もうちょっとなんだけど……うわ、な、なんということを」

「……」

「自爆だよ、そんな。やけになるな」

「冷静に対処されていますよ」

「違うだろ。そっちは、ほっとけ。玉頭だよ。なんといっても。真っ向から潰すんだよ」

「それは原田流でしょ。澤さんは読みきっていますよ」

「そんなことないよ」

「……」

「あああ。や、やめろ。ひどい。違うだろ」

「……」

「ばか!　なにやっているんだ。もう」

「ちょっと静かにしてもらえませんか？　いいところなのに」

たった一年での昇級は、棋界にとって大きなニュースであった。澤四段は、水島九段の秘蔵の弟子として、あらためて将棋新聞に取り上げられた。この昇級によって、一樹は五段になる。

一樹の元に一通の手紙が届いた。祝いの言葉に添えて、祇園の地図と待ち合いの名が記されてあった。碧水は、あのときの約束を忘れてはいなかったのだ。

鴨川から路地に入ると急に静かになる。薄明かりにぼんやりと八坂の塔が浮かぶ。この辺り、四条通のネオンや賑わいも届かない小路だ。花街の裏に身を寄せ合うように小さな町屋が並んでいる。薄暮の頃である。店の名が書かれた門灯に、明かりが点《つ》き始めた。

道に迷ったのかもしれない。曲がるたびに、うかがってはいけない心の襞《ひだ》に入っていく気がして、道を聞くことさえ憚《はばか》られる。「舞妓髪結」の古い看板の横手に、ひっそりと息を潜めている家があった。

「ようお越し」

碧水は、いつものように一樹をにこやかに迎え入れた。瀟洒《しょうしゃ》な小座敷である。酒盃の用意がされていた。

「まずは、おめでとうさん」

碧水は徳利を持ち上げる。

「それはちょっと……いただけません」

一樹は酒を飲んだことがなかった。

「まあ、よろしやないですか？　今日は昇級のお祝いなんやし。一年での昇級は大したもんです。酒くらい」

「いえ」

「酒のお許しは出てないの？」

と、言いつつ、碧水はさらにブランデーを勧める。

「先生は、恐い？」

「いえ、そんなことは」

「私もね、あなたを潰して、怒られとうはない。でも知っていますか？　水島先生だって、なかなかの酒豪なんですよ」

一樹の手の中のグラスの琥珀《こはく》の液体は、魅惑的な芳香を放っている。料理が運ばれてきた。

「そうそう、お約束どしたな。花見をすると」

碧水は、立ち上がって座敷の光を消すと、窓の明かり障子《しょうじ》を開けた。

それは、花屏風に描かれていた桜だった。洩れてくる光にその姿が浮かび上がる。中央に老樹の幹。そこから夜空に向かって、多くの枝が伸び上がっていく。いまだ、おぼつかないような細い枝からも、淡い色合いの花びらがこぼれる。

桜に見とれているうちに、傍らに微《かす》かな香りが揺れた。桜の香りを思わせるような、ほのかに甘い香りだった。いつのまにか、女が座っていた。女は盃を一樹に渡すと、酒を注いだ。

「飲んでやりなさい。あなたが桜の精と思った人です」

碧水は、桜のほうを見たままだ。

「知っていますか？　ソメイヨシノは、種で増えんことを……」

碧水は語った。

「ソメイヨシノはね、子供を持たんのです。種で増えることはないのです。だから挿し木や株分けで命を延ばしていく。ここの老いた幹も、丸山公園のものも、六甲の若木も、みいんな、同じなのですよ。同じ一つのものなのです。あなたがずうっと、ずうっと遠くまで旅をして行って、そこで出会ったものも、やはり、これと同じなのです。過去に出会い、また未来に出会うものも、なにもかも変わらへんのです。他の木は、実をつけ、種子を落とし、子供へ、孫へと、代々、生命の営みを続けて、その間少しずつ変化し、それを次の生命に繋いでいくでしょう？　でも、この桜は、そういうことをしないのです」

屏風の今後が気になる一樹に、かつて尚文堂が教えてくれたことがある。

「あの花屏風は、国立美術館が買い上げるかもしれない。噂ですけれど、かなりの高額になるでしょう。まあ、億はくだらんでしょうな」

とても個人では買えない値段だという。美術館に収まれば、厳重な管理のもと、作品の命は続いていくだろう。だがもう、あの屏風の開かれていくときに起こる心のときめきを味わうことはできない。屏風の奥深い闇に光が射す瞬間に、部屋中にこぼれて散る花びらを見ることは、できないのだ。これからは、ガラスの陳列台の中で、照明を浴びて、常に開かれたまま、観覧者に賞賛されて不朽不滅の作品になる。

一樹は、初めての酒を口にした。碧水の好みに合うように吟味《ぎんみ》された酒なのだろう。とろりと甘い。恐る恐る飲み干すと、やがてみぞおちから熱いものが込み上げてきて喉を焼き、目の前をくらりとさせた。

「私はここで、あの屏風を描き続けてきたのです。この桜と由佳《ゆうか》がいなければ、あの屏風は生まれてはこなかった」

この家の、この座敷が、画家のアトリエだった。碧水は、ここで絵というものの持つ暗い情念を筆の力に込めて醸成していった。ここで流れたのは濃密な時間だ。濃密なゆえに、その時間が流れ去ったあとでも、こうして残り香としてたゆたっている。

（ゆうか……舞妓さんだろうか？）

もう一度桜を見た。その間に再び盃が満たされていた。一樹は酒で胸が熱くなり、息遣いさえ聞こえるところにいる女のほうを、ついに見やることができなかった。

三　山崎若竹

　春とはいえ、冷たい雨の降る午後、一樹は山崎駅に降り立った。駅の北側には天王山が迫っている。孟宗の竹林の道をかなり登って、息が切れてきた頃、碧水のアトリエが見えた。雨はいつのまにかやんでいた。雨上がり、竹の緑が色濃くなった。傘を閉じると、頭上に伸びてきている細い竹がしなって、葉からしずくが襟元に落ちてくる。思わず振り返ると、眼下に桂川、宇治川、木津川が合流している有様が見えた。川の中州にたくさんの桜が一列に並んで咲いている。東のほう、遥か彼方に京都の市街が霞んで見えた。

「ようお越し」

　やはり碧水は上機嫌で一樹を迎えた。あれから一年もの間、一樹が東山の邸宅に呼ばれることはなかった。碧水は、将棋に時間を費やすことができないほど忙しい毎日を送っていた。

連絡が入ったのは数日前だ。山崎に家を借りてアトリエにすることにした、しばらくは絵の制作に没頭したい——というものだ。そうすると、好きな将棋を指したくなってくる。一樹を迎え入れると、碧水はさっそく駒を並べた。

「大変なご発展ですなあ。立派になられた」

「いえ」

はにかむところは以前と変わらない。一樹は、この一年でさらに昇級を果たしていた。C級一組も一年で抜けた。今はB級二組、段位は六段である。

「将棋新聞でいつも拝見しています。伸び盛りですなあ。気持ちがよい」

澤六段……才能がきらめくようにありながら、まだそれを十分に開花させてはいない。そういう未知数の魅力が人を惹きつけるのか、碧水のように応援する人も出てきた。ただ、若さゆえの脆さを突かれることもあり、以前の腰が引けた勝負は影をひそめたものの、やはり悔し涙にくれることもあった。だが、順位戦だけは好調である。

将棋盤をはさんで碧水は、この一年の一樹の成長を見てとっていた。一方、一樹のほうは、この一年が画家にとって重いものであったらしいことを感じていた。画家の背骨は以前のようにすっとは伸びてはいず、猫背気味になってそのまま硬直していた。

「山崎の竹です」

アトリエに散らばっているのは、墨の太い線で描かれた竹の習作である。東山の邸宅とはちがって、山崎のアトリエは小さな古い町屋で、しかも鬱蒼《うっそう》とした竹林に囲まれていた。

「この五月の若竹を待っています」

碧水は「山崎の竹を描きたい」と言った。しかし、そこにかつての身体の奥底から立ち昇る情熱は感じられなかった。枯れた境地に入ったのだろうか？　しかしなんとなく、老いた外見だけが目につく。

あの屛風はどうなったのだろう。あの後、美術館で公開されるというニュースもなく月日が過ぎている。一樹自身も仕事に充実した毎日を送るようになり、いつしか屛風のことを思い出すのも間遠になった。それが、こうして画家を前にすると、屛風のことが気にかかる。由佳という女性にも、もう一度会いたい。思いきって尋ねてみようとしたとき、玄関に人が来た。床をきしきしと鳴らして碧水が応対に出る。

「画礫堂と申しまして。先生には初めてお目にかかります」

狭い家なので声が奥まで通る。

「実は、先生の名作『花屏風』の件で参りました。あの屏風をオークションに掛けてみられたらいかがでしょう。是非うちにお任せいただきたくて、こうして参ったのです。画商と申しましても、うちはインターネット専門でして」

「帰ってください。あれは、どこにも売らん」

碧水の不機嫌な声が聞こえてきた。

「必ずまた伺《うかが》いますんで。いい値がつくこと、間違いなしで……はい」

画商は、名刺と菓子折を置いて帰った。


「近頃は、山崎に伺っているのか？」

水島先生に聞かれた。一樹は答える。

「はい、山崎にアトリエを構えられたので。神戸からはずいぶん近くなりました」

「山崎といえば『天下分け目の天王山』……秀吉が天下取りを決めた戦いだ。山崎合戦から関が原までに水無瀬駒の書体が完成した。もちろん知っているだろう。水無瀬流の盛り上げ駒だ。将棋会館の『水無瀬の間』は、その名に因《ちな》んでいる」

「ミナセ、ですか？」

「山崎から近い。戦時下ではあったが、名人戦も行われた。木村名人の時代だ。まあ、たしなみ程度には知っておきなさい。恥をかいてもいかん」

「はい」

水島との会話は、いつものように一方的に始まり、そのまま終わった。


数日後、同じことを朝子にも聞かれた。

「はい。先生に、水無瀬が近いだろう、と言われました」

「ああ、水無瀬神宮の……駒の書体の」

「ご存じなのですか?」

「主人が初めて連れて行ってくれたところよ」

「ええっ。そんなこと、聞いていません」

「忘れたんでしょ。男の人というのは、そういうものです」

「それで?」

「それでって? それだけよ。私のどこが気に入ったのか、結婚を申し込まれました」

「あの……失礼なこと、聞いてもいいですか?」

「なあに?」

「また、結婚するとしたら、先生とします?」

朝子はにっこり笑って答えた。

「いいえ、もういいわ」

「どうしてですか?」

「だって、人の言うことなんてぜんぜん聞いてない。いつも強引で……」

「……」

「まあ、そんなに哀しそうな顔をしなくても。はいはい、何度でもしますよ。彼と……これでいい?」


五月になって、竹の色が変わった。すがすがしい色の若竹が伸びてきたのだ。画家は「かぐや姫の竹」と言ったなり、じっと竹林の奥を見ている。ただひたすら、物語の老爺《ろうや》のように、背をこごめて竹林の奥に眼をこらしている。

「今日は、もう終わりにしましょうか?」

心がここにない碧水の様子に、一樹がそれとなく声をかける。すると、かぐや姫が白いワンピースを着て、竹林の向こうから、本当に歩いてやって来た。モデルの由佳だった。ほの暗い竹林に、真っ白い胸元がまぶしく揺れる。

「竹の連作も、この子でいこ、と思うて……」

由佳は、京都のさる門跡寺院で手伝いをしていた。画家はいたく彼女を気に入って、絵のモデルの専属契約を結んだ。屏風の完成後、舞妓のスカウトもあったらしいが、由佳は絵のモデルを継続するほうを選んだという。

「舞は下手やし、京都弁はしゃべれへんし、客あしらいはでけへん。舞妓はとても無理や」

碧水は顎《あご》をしゃくって言う。

舞妓姿も可愛いだろうと思うが、いやいや、それでは高嶺《たかね》の花だ。一樹の身分では、舞妓になったらもう一生会えないだろう。

「しかし、おとなしい子や。ほっといたら何時間でもじっとしている」

「だって、動くと恐いから」

かぐや姫は冷たい麦茶を注いでくれた。

「当たり前や。セザンヌはもっと恐いで。『りんごが動くか』というのが口癖やったそうや。モデルはりんごや」

「ちがいますう」

姫は身体をくねらせて口を尖《とが》らす。

このあたりが頃合いと、一樹が駒台に手を置いた。

「負けました」

すると、とたんに画家は上機嫌になった。顔色も良くなる。画壇や大学での嫌なことも忘れるのだろう。近頃は将棋の上達よりも、画家をこうして元気にしてやるのが自分の仕事と心得ている一樹だった。画家は、冷たい麦茶を旨そうに飲み干した。

「次は、四枚落ちですね」

「いやいや、なかなか……覚えが悪うなった」

祇園の夜とはちがって、今日は昼の光のもとで、ゆっくりと彼女を見られた。なんとなく嬉しかった。ともし火のもと、酒が入っていたときは、大人の女性かと思っていたが、こうして間近に見ると、ふっくらとした頬にあどけなさの残る少女ではないか。もうすぐ二十歳を迎えるという。

「はたちになったら、家に帰るんかあ」

と、画家が聞く。

「家は継ぎたくないんです」

「そういうわけにもいかんやろ。そやから大人になる前に描いてしまわんとなあ、ゆう」

画家の馴れ馴れしい口ぶりに、わずかながらも淫《みだ》らな思いが感じられて、気持ちの揺さぶられる一樹だった。

「それでは今日はこれで……」

と腰を上げ、玄関へ向かった。靴を履こうとして敷台に腰を掛けたとき、並んで置かれてある白いヒールの靴が目に留まった。

(由佳が履いてきた……靴なのだろうか)

由佳のものだとしたら、少し背伸びをしたデザインの靴だった。その靴を見ていると、一樹に先ほどの揺れる思いが戻ってきた。

玄関を出ようとすると、画礫堂にぶつかった。インターネットの画商が、いつのまにか上がり込むようになっている。

坂をしばらく下ると、後ろからヒールの靴音が聞こえてきた。

(由佳かもしれない)

それにしても急坂の下りなのに、追いついてくる。かなり坂に慣れている足さばきだ。一樹も坂に慣れてはいるが、この坂は、神戸のような町なかの坂ではない。

落ち葉が坂道を覆い、しかも濡れている。革靴は滑りやすいので、用心しながらゆっくり歩いていたのだが、あっという間に抜かれてしまった。

やっぱり由佳だった。

「あ、あの……帰るの？」

せめて、駅まで一緒に歩けないか、と声をかけた。

「お使いに出されました。お客さんと大事なお話なんですって」

「ああ、画商とか言ってたな」

「気をつけて。濡れ落ち葉はすべります」

ようやく、歩みを揃えてくれた。

「坂には慣れています。神戸は坂ばかりなので。しかしここの坂は急で」

「神戸……の人」

「お使いって、どこまで？」

「水無瀬神宮です。お水をいただきに」

「水、ですか」

「先生がお茶を点《た》てられるのに、こちらの湧き水がいいんですって。おいしいの」

「ふうん。ね、僕も一緒に行ってもいいかな？　実は将棋の先生が、将棋にゆかりがあるから、一度……いや『絶対』お参りして来なさいと」

「将棋の先生って？　将棋、習ってるの？」

「え、ああ。まあ」

「それなら、神さまにお願いしないと。強くしてくださいって」

「祈ってくれるの？」

「はい」

西国街道を歩いて、水無瀬神宮の石灯籠《いしどうろう》に着いた。ここからは細かな玉砂利《たまじゃり》の参道だ。向こうに古い木の門が見える。

(あの門までに、どこかへ行く約束ができないかなあ)

そう思って一樹は話を続けた。

「ね、今度どっかへ行こうよ」

「えっほんとに……じゃあ、神戸」

「つまんないよ、神戸なんて。……そうだ。大阪は？　海遊館がある。ジンベエザメがいるよ。そうそうコバンザメも」

「鮫が、好きなの？」

「いや、けっして、そんなことは……将棋クラブの遠足で行ったんだ」

「そう」

由佳は一樹を無視して、どんどん先に立って行く。結局、話はそれでおしまいになり、あっという間に境内に着いてしまった。ここの勝手をよく知っているようで、湧き水のところまで一目散に行くと、持参の容器を取り出して、水を汲んでいる。自分の仕事に一生懸命で、特に一樹のことを気にかけている様子はなかった。つまり無視されているのだ。

湧き水の傍に、御影石の将棋盤が据えられてあった。寄進されたものだとある。一樹は水無瀬流の流麗な書体を思い起こし、その盛り上げ駒の気品に、あらためて打たれる思いがした。名人戦になれば「駒を検《あらた》める」という大切な儀式があり、実際に名人が駒を選ぶことになるのだが、そんなことが自分の身に起こるのは、いったいいつのことだろうか。果たしてそのような日が来るのだろうか？　他の棋戦での永世タイトルを取った水島九段でも、挑戦者に三度もなりながら名人位は遠かった。名人位は、「神に選ばれし者」にしか就けない位だ、とまで言われている。

「やはり将棋の神さまが居られるのね。将棋盤があるお宮さんなんて、こんなところ、初めて」

いつのまにか、由佳が並んで立っている。

「ここのお宮はね、水無瀬駒という駒が有名なんだ。美しい書体で……ほら」

一樹はいつも携帯している駒袋から一枚の駒を取り出した。水無瀬駒。水島先生に駒の由来を聞いて、自分でも調べ、その書体の美しさに感動を覚えた駒だった。

「水無瀬駒で名人戦を戦うのが僕の夢なんだ。だから、いつもこうやって持っている」

「大切にしているのね」

「ああ」

「私、あなたの……その、名人戦ていうの、見に行くね。なにか差し入れ作って」

一樹は足元の石を蹴った。

「神戸、連れて行くよ」

「もう、いいんです」

「よくない。連絡先、教えてください。必ず連れて行きます」

「ほんとに、いいんです」

「携帯でいいよ」

「いや。教えたら、先生に叱られる」

「先生？」

「鷲尾先生のことです。あなたにも、先生がいるんでしょ？　将棋の」

「いいじゃないか。先生なんて、どうでも。先生の言うことなんて、いつもいつも聞かなくていいんだよ」

　つい声を荒らげてしまった。嫌われたかもしれない。

（そっちが悪いんだ。先生、先生、なんて言うから。いつまでも子供みたいに困らせるつもりはなかった。どうしてこう、話がうまくつながっていかないのだろう。もっと辛抱強く話を聞いてあげればよかった。しかし……つい。水島先生はいつも奥さんに命令しかしないし、将棋会館では、誰も女の子との話し方を教えてはくれなかった。第一、話したことがない。

　二人は黙り込んだまま、それでも並んで石段を上がり、作法通り鈴を鳴らし、手を合わせた。小銭が古い木の賽銭箱《さいせんばこ》にからからと鳴る。

　一生懸命祈る姿に、一樹は思わず声をかけた。

「なんて祈ったの？」

「神さま、どうか、この人の将棋を強くしてくださいって……」

「ありがとう」

　やはり、この子は自分に好意を寄せてくれている。そう思えるだけで幸せを感じることができた。それは一樹にとって、生まれて初めての経験だった。

（ありがとう。自分は、この一瞬のために生きてきたのかもしれない）

一番苦しかったときの対局が不意に思い出され、それを溶かしきるように、温かいものが身体中を流れていった。自分は彼女に好意以上のものを感じている。涙が溢れそうになった。

「せめて、鷲尾せんせに、勝てますように」

「なんでだよう。なんであんな爺《じい》さんに」

「だって、いつも負けてるみたいだし。先生もお客さんが来ると、自慢しているもの。『勝った、勝った』って。くやしいでしょ」

「あのな……ちょっと来て」

半ば強引に手を引っ張って石段を下り、足早に土蔵の影に連れていった。二人とも息が上がっている。

「聞いてください。改めて言うけど、僕は澤一樹といいます。鷲尾先生になんと言われているかは知らないが、僕は棋士です。いや、そんなことはいい。なにを言いたいかというと……つまり、えっと……僕は君が好きだ。初めてです。人を恋しいと思ったのは。本当です。初めて……あの屏風を見たときから、忘れられない人になった」

いつのまにか彼女を壁ぎわに追い詰めていた。じっと目を見て語った。思いが真実であることを告げたかった。一樹は由佳が特に拒否も抵抗もしないので、気持ちを確かめもせず、唇に唇を重ねて、そして抱きしめた。

由佳は身体をこわばらせて耐えた。あまりに唐突な男の行動に、とっさにどうしていいか分からなかった。

（じっとしていたら、早くやめてくれるかもしれない）

「あの……神さまのところでこんなこと……」

たしなめるように言ってみた。しかし、一樹は離さなかった。どうしても離したくなかった。

（女の子の身体って、なんて柔らかくて気持ちがいいんだろう）

ときどき夢に現れる母親の身体は冷たく重い。母に絡みつかれると、しばらくつらい日が続くのだ。

一樹は力を込めて抱きしめ、

「ごめんね」

と言った。由佳は、その言葉でしばらくの間は我慢できたが、次第に力を込められると限界だった。

「あの、もういいですか？　苦しいので」

由佳はあえぐ息で言い、一樹が腕をゆるめると、咳《せ》き込んだ。

毎年四月に全棋士の順位が発表され、順位戦が始まる。自分が生きている世界の中で何番目にいるかが明確に分かるシステムだ。このシステムに耐えられなければ、ここを出て行くしかない。

一位はもちろん名人だ。二位から十一位までがAクラスの棋士で、その中で一年間かけて総当たり戦が行われ、来期の名人戦挑戦権を争う。水島晃之九段はA級に在位し、四度目の名人位挑戦をめざす。一樹は原田祐二六段に追い着いてきた。今期は同じクラスで戦うことになる。

この日が来ることを覚悟していた原田だったが、一樹と原田の順位差は、わずか四しかない。この勢いでは来期には逆転も十分起こりうるだろう。

（神さんは不公平だ。澤は生まれながらにして、いいものを持っている）

原田六段は、パソコンで澤六段の最近の棋譜を開いた。

（手に負えないなあ。こんなこと、やられると……強くなった）

一緒に風呂に入っていた頃のことを、ふと思い出した。震災の後、原田も水島夫妻と同じ避難所に避難していた。そこで、水島が子供を抱いているのを見る。水も電気もガスも止まっていた避難所に、風呂の配給車がやって来た。高校生だった原田は、小学生の一樹を連れて風呂に行った。首筋から二の腕にかけて包帯をしていた一樹を、原田は丁寧に洗ってやった。以来一樹は、原田の後ろをついて歩くようになった。

追いかけられる者は必死だ。もし負ければ、他の棋戦で当たったときにまで影響が及ぶ。公式戦で惨敗することにでもなれば、次の対局で、一樹に精神的優位に立たれる。それが恐い。一樹が自分を「与《くみ》し易し」とみるような将棋だけは指したくない。できるなら「もう先輩とは当たりたくない」と怯《おび》えるほどの目に遭わせたい。

原田は、さらにパソコン画面に何百局もの澤六段の棋譜を呼び出し、検討を始めた。彼らは兄弟弟子なので、これまで何千回、何万回と将棋を指している。相手のことはなんでも分かっているつもりだった。だが、パソコンの中で冷静にそれを分析すると、また違う角度から一樹を見ることができた。そこで、原田はあることに気づく。

「待てよ、これは」

思わずクリックしていた指を離す。

「これは、どういうこと？」

原田は水島の棋譜も画面に呼び出した。同じ局面を水島九段のものと比較し、さらに二人の棋譜を重ね合わせる。彼は夢中になってその作業に没頭した。窓のカーテン越しに朝日が射し込み始めた。それでも彼はその作業を止めなかった。

仕事の目処が立つと喫茶店でゆっくりするのが原田の習慣になっていた。六甲山系を流れ下りる川筋に、早朝から開いているオープンテラスの喫茶店がある。川を渡ってくる風に吹かれて珈琲《コーヒー》を飲むことができる。この喫茶店は、原田のお気に入りだ。澤を負かす良い方法を見つけたばかりで気持ちの高ぶっていた原田は、この日もこの喫茶店に入っていった。

するとその後、澤が入ってきた。

「あ、おはようございます。めずらしいですね。こんなに早く」

「澤か……こら、勝手に座るな。そこはだめだ」

「え、連れがいるんですか？　まさか！　誰？」

「そりゃあ、まあ、いろいろ俺だって……なあ」

「御影の子？　でもあれは駄目になったし……夙川の女子大生かな？　いや、あの子も結局は……あ、六甲のケーキ屋でバイトしてた子かあ」
「阪急の駅ごとに振られてんのか？　俺は」
「そうそう、鳴尾浜……阪神沿線もありますよ」
「なんだとお。とにかく俺は寝不足で機嫌が悪いんだ。あっち行け」

澤六段もまた、原田六段の棋譜の検討に入っていた。こういうとき、彼がパソコンを利用することはない。印刷された棋譜を前に置き、その世界に唯々《ただただ》入り込んでいく。棋譜によって、棋士の全てを読み解く情報が提供される。棋力、棋風はもちろんのこと、駆け引きや読みの深さまでが現れている。

最近のタイトル戦での予選の譜を並べてみた。それこそ最も原田らしい快勝の譜だ。勢いのある手が続く。もしこの術中にはまったら、抜けるのは容易ではない。原田の攻め将棋、どこで止めるか、だ。

一ヶ月が経ち、また碧水の指導対局の日がやって来た。一樹は山崎に出かけた。玄関で声をかけたが応答はない。人の気配がする。しばらく待ってみたが、静かだ。約束の時間なので、もう一度声をかける。

「澤です。失礼します」

玄関で靴を揃えて上がった。すでに、男物と女物の雪駄《せった》が並んで置いてあった。将棋盤の置かれてある部屋の前で、もう一度声をかける。

「どうぞ」

碧水だ。障子を開けて、一樹は呆然とその場に立ち尽くした。

「もう、ちょっと待って。すぐ終わる」

その場で、澤一樹は動けなくなった。画家がこちらに背中を向けて座っている。絵筆を握っているのだ。由佳がこちらを向いて膝を崩して座っている。その周りには、一面枯れた笹が敷き詰められてあった。荒れて、枯れて、ささくれ立っていた。由佳だけが瑞々《みずみず》しかった。枯野に浮き立つように、その透き通る肌を晒《さら》していた。白く艶かしい肌が、枯れた野に潤いをもたらしていた。彼女は、惜しげもなくその肌を顕《あら》わにしつつ、若い生気を与えていた。枯れた笹竹、枯れた野に、涸れた泉、ひび割れた野に、干上がった池に……そして、目の前の老人に。

一樹は動こうにも動けなかった。この場を後にすることもできなかった。かといって、この場を破壊してしまうこともできなかった。障子に手を掛けたまま、ただ、由佳を見つめていた。由佳から目が離せなかった。由佳と目が合った。彼女の目から、涙がひとすじ流れ落ちた。

「泣いたらあかん。それでは使えへんやないか。今日はもう終わりや。しまいにしよ」

碧水は振り向いて、にっと笑い、欠けた歯を見せた。老醜の匂いが籠もっていた。

（これはもう、神戸に遊びに行くか、大阪にするかの問題ではない。なんとかしなければ）

一樹は唾を呑み込んだ。身体の奥の深いところから突き上げてくる恋情が、老人に対する憎しみと一つになって、彼の全てを覆い始めていた。

（この老人、許せない。しかし、どうすれば）

どうすればいいんだ。いったいどうすれば。指導対局は先生のお声掛かりだし、先生の友人尚文堂の紹介だ。しかも相手は日本画家の大物ときている。それにモデルの契約内容と契約期限の問題もあるだろう。

それはよく分かっている。しかし、こんなことは許せない。彼女の身体があんな老人に見られるなんて、耐えられない。泣いているじゃないか。放っておくと、自分までどうかなってしまう。いや、自分はどうなってもかまわない。なんとかしてやりたい。たとえ、どうなろうとかまわない。このままにしておくと、こちらが何か、とんでもない行動に出るような気がする。

こんな場合、ふさわしいかどうかは別として、とりあえず相談できる相手は原田しかいなかった。しかし彼らには対局が目前に迫ってきていた。

原田六段は、澤六段戦に向かって突き進んでいた。「絶対に澤の弱点を見つけ出してやる」と強い決意で臨んで、来る日も来る日も、原田は澤対策を考えた。そしてついに彼は、たった一つの勝機を見つけ出した。すぐに、それは確信に変わる。

(この一瞬さえ突けば、勝てる！　間違いない)

――確かに澤の才能はかなりのものだ。序盤の構想には、かなわない。創造的な駒組みは美しいとさえいえる。しかし所詮、頭の将棋だ。本質的に、澤は脆い。

プロたる者、どんな業種でも、身体の中心に確固とした芯が通っているものだと原田は思う。将棋だって、その芯が強ければ、最後まで押しきっていけるのだが、澤の芯はまだ出来上がってはいない。おそらくまだ自分の将棋を掴んではいないのだろう。しかし、このところ勝負には強くなった。勝ち続けるようになった。それは研究の成果だ。終盤の寄せに関して、水島の棋譜を徹底的に研究したのだろう。水島の寄せは「奇跡の寄せ」と言われているほど、瞬時の破壊力に定評がある。澤はそれを身につけようとしている。それは、いわば「水島」という鎧《よろい》に似たものを着ることを意味している。これまではうまく功を奏してきた。しかしそれはあくまで水島九段の鎧であって、所詮、借り物だ。これを剥《は》がせば奴は丸腰になる。ねらいは一つだ。彼が鎧を着けようとするとき、その一瞬を突けば……後の攻撃は思いのままだ。

（一樹くん、お兄さんが、おまえをばらばらにしてやるよ）

原田との対局が終わった。一樹はその後しばらく、原田と会わなかった。顔を合わせるのも嫌になるほど、原田にいいようにされたのだ。自陣は見事に空中分解させられた。ばらばらになった残骸だけが残った。

負けたから会わないというのでは、この世界ではやってはいけない。しかし負けてすぐ、女の子のことで相談に乗ってもらう神経は、一樹にはなかった。やはり先生に相談するしかない。一樹は身なりを整え、思いきって水島邸を訪れた。東京での対局を控えていたのだが、そんなことを言っている場合ではなかった。

先生と向き合って座り、「実は」と言いかけたとき、朝子が紅茶を運んで来てくれた。ポットから注がれた紅茶は、あたりを温かい香りでつつんだ。だが一樹の緊張は高まってきた。こぶしに汗がじっとりと滲んでくる。あのときの由佳の涙が思い浮かんだ。

(早く、なんとかしてやらねばならない)

「先生……実は」

じっと紅茶のカップを見ていた水島が、急に顔を上げて、一樹を射るように見た。

「原田との一局、どうだった」

「は、はあ……負けました」

「敗着は？　検討したのか」

「5四金打ち、だったと思います」

「違うな。その十三手も前に、左辺玉頭を攻められたとき、攻めを封じなかったことだ。原田に勝つには、攻めさせないことだ。これしかない。何をしていた」

「すみません」

「謝ってどうする。謝るなら、自分の将棋に謝れ」

「はい」

「作戦の失敗で、というのなら、何も言わない。だがこれは明らかに、おまえの心の問題だ。気持ちで負けてどうする。こんな棋譜を残して恥ずかしくないのか。もうB級だぞ。Aクラスを狙おうというほどの者が……」

水島はよほど腹立たしかったのか、次第に声を荒らげた。

（こんなときに女性問題を持ち込んだら、本当に殴られるかもしれない）

一樹がしおれて、もう一度出直そうと腰を浮かしかけたとき、電話が鳴った。朝子が電話口に出る。尚文堂からだ。出版のお祝いに、そちらに立ち寄ってもよいか、というものだった。水島は、初心者向けの本『将棋入門』を出版したばかりだった。

「そうか。久しぶりだなあ。『昼食を一緒に』と伝えなさい」

水島は嬉しそうに答えた。朝子が電話口から戻ってきた。

「そのように申し上げて『澤さんも見えています』と言ったら『ああ、ちょうどよかった』とおっしゃっていました」

朝子は、一樹も昼食に誘った。

（そうだ。尚文堂さんに相談してみたらどうだろう？　あちらのこともよく分かっているみたいだし）

そう思うと、少し気の軽くなる一樹だった。

「手伝います」

この家の台所に入るのは久しぶりだ。十年間、一樹はここで食事をさせてもらってきた。食器棚の片隅には、まだ一樹の茶碗が置かれてあった。

カッターシャツの袖を肘《ひじ》までたくし上げ、グラスをそろえたり、ワインクーラー用の氷を用意したりした。その間に朝子は、唐津の大皿に明石鯛のカルパッチョを盛り付けた。庭で採れた柑橘《かんきつ》を絞り入れる。いかなごの釘煮《くぎに》の手巻き寿司は、一樹の好物だ。

用意が整った頃、尚文堂がやってきて、みんなで出版祝いの食事会が始まった。

「ご出版、おめでとうございます」

尚文堂の一言に、水島は少し照れくさそうにした。同じ世界の人にはけっして見せない笑顔だった。

水島と尚文堂とは高校の同期だが、本当に真の友になったのは、互いの世界で独立できたときからだという。そんな話を聞きながら、一樹はワインを開けて、注意深く全員のグラスに注いでいった。

「もちろん、異業種なのが幸いした。だって考えてもみなさい。水島が同業だったらと思うだけで、ぞっとしますよ。うちの画廊なんか、とっくに潰れています」

「それはないだろう」

と、水島がグラスに口をつける。

尚文堂は、一樹が三段リーグで苦しんでいたとき、朝子がため息まじりによく呟いていたことを思い出した。

「あの子が水島と違う道に進んでいたら、と思うことがあります。内弟子ではなく、私たちの子供であったなら、と……」

そのときは、確かこう答えたはずだ。

「『……たら』とか『……れば』とか言っても、仕方ありませんよ。今のご縁を大切になさることです。なんといっても水島は、一樹くんが可愛くてしょうがないようだし」

（しかし、あれが可愛がっている者に対する話し方なのだろうか）

と、朝子は思う。たいていの場合、水島は一樹を叱り飛ばす。そうした師弟の会話を何度聞いたか知れない。それが本人のためになっているのかいないのか、朝子には分からない。ただ黙って、二人のために同じ食事を整え、同じように身に着けるものを用意してきただけだ。そんな暮らしは、一樹が実の両親と暮らした年月と、いつの間にか同じになっていた。

ふとしたときに見せる表情が夫に似てきた。親子でもないのに、癖まで同じになった。

（あの子は、夫の背中を追いかけている）

「いっそ息子にすればどうです？」

一樹が四段になった頃、原田に言われたことがある。

「今までは内弟子……これからは、息子、ですよ」

「そんな簡単に……あちらは澤家の一人息子なんですよ。いずれは澤の家を興《おこ》さなければならないのよ」

「いや、姓がどうとかこうとかじゃなく、人間同士のつながりでしょ、こういうのって。もっとおおらかに考えたらどうですか。震災で骨の髄《ずい》まで沁《し》みたことがあるんですよ。それは人間の関係って、血とか家とかじゃなく、人と人のつながりなんだってことなんです。神戸では、あのときみんなが共有した意識ですよ。そうでしょ。先生だって、奥さんだって……だから、引き取ったんでしょ。それなら、息子にすればいいじゃないですか……でないと、あいつ、このままだと、折れますよ」

あれ以来、ふーっと肩で息をすることがある朝子だった。

「そうそう、あなたにお話ししたいことがあったのです。澤さん」

ワインを楽しんでいた尚文堂だったが、急に真顔になって話し始めた。

「指導対局の鷲尾さんですが、もう終わりにしたい、ということで」

水島が心配そうに箸《はし》を止める。

「これに何か、不都合でも」

「いやいや先生、ご心配なく。あちらの都合です。訴訟がありましてね。まあ調停になるでしょうが……あ、すみません。ありがとう」

朝子が別のワインを切子のグラスに注いで勧めた。尚文堂は、かなりいける口だ。

尚文堂は、かいつまんで、次のような話をした。

「鷲尾碧水は敵が多いのか、京都美大の学長選挙で落選した。そのうえ、屏風の美術館買い上げの話がいつの間にか立ち消えになった。どうやら反対派の意見が通ったらしい。その後、碧水は次第に荒《すさ》んでいった。そして、ついに『あの屏風のように高く清らかな思想に裏打ちされた作品は、もう世に送り出せないのではないか』と取り沙汰されるようになった」

碧水の噂を聞くだけで胸の鼓動が激しくなってくる一樹だった。だが、いちいち思い当たることもある。

(こういうことが立て続けに起こると、プライドの高い碧水は、次第に荒んでいったのかもしれない)

一樹は、思いきって聞いてみた。

「あの……訴訟って、屏風のことで、何か」

「いや、離婚訴訟です。山崎に妾《めかけ》がいるとか。奥さまに巨額の慰謝料を請求されています。あの屛風も、それで売りに出していらっしゃるのでしょう」

「山崎に妾」と聞いて、急にむせかえった一樹だった。

「魚に骨があったのじゃないのか。朝子、見てやりなさい」

「いいえ、大丈夫です。先生、そんな……」

尚文堂は、さらに話を続けた。

「奥さんも、今度という今度は我慢ならなかったのでしょうな。今までもずいぶん泣かされて。しかし、今度のはひどい。孫ほど年の離れているモデルを山崎の家に囲ったらしく、東山の本宅に寄りつきもしない。血迷って、遺言まで書き換える勢いで。このままでは、もし何かあったときに、全部その女に持っていかれてしまう……とまあ、こういう話です。よい潮時です。向こうから縁を切ってきたので、幸いですよ」

「そうか、そういうことなら」

と、水島は納得した。

納得できないのは一樹だった。

(まさか、そんなことはない)

しかし、尚文堂の話には納得できることもある。では、それが本当に真実なのか。いや、そうではない。そうあって欲しくはない。違う。違うはずだ。だが、どうすれば正しいことを確かめられる。このままでは、真実は藪《やぶ》の中だ。

東京での対局が明日に迫っていた。今日中に東京に着かねばならない。一樹は水島邸を辞し、その足で駅に向かった。家を出るとき持っていた旅行鞄を携えたまま、来た快速に飛び乗った。新大阪で新幹線に乗り換えるつもりだ。しかし胸がいっぱいになり、気がついたときには、電車は新大阪を後にしていた。仕方がない。それなら、京都で新幹線に……。

（違う。絶対に違う。そんな馬鹿なことがあるはずがない）

考えは堂々めぐりする。快速は高槻から普通になる。早く京都駅に着くためには、高槻で新快速に乗り換えるべきだ。しかし一樹は、そうはしなかった。高槻の、次の次の駅は山崎だ。考える猶予はまだある。このまま乗って、京都駅まで行くか。それとも……降りるか。それをあと一駅で決めなければならない。

（このまま東京に行って、果たして自分が平静のままでいられるのか？）

電車は田畑を縫って走り、水無瀬川を渡り、天王山に寄り添うようにしてしばらく行くと、竹林の傍で停車した。大阪と京都の境にある駅、それが山崎駅だ。

(やはり、決着を付けねばならない。真実が知りたい)

天王山に霧が立ちこめている。山上の辺りは霞んで見えない。麓《ふもと》の駅の辺りにも、うっすらと霧が流れ下りてきた。竹林を登って行くほどに、湿り気をおびた空気がスーツに降りてきて、身体の周りを包んだ。一段と濃くなった霧の中に、鷲尾の表札が浮かんで見えた。

「ごめんください」

声をかけたが応答はなかった。玄関の戸もしっかりと戸締まりされている。庭に回ると、雨戸という雨戸がぴったりと閉ざされていた。だが、小さなガラス窓から奥の明かりが洩れている。玄関に戻った。だめかもしれないが、もう一度引き戸に手を掛けてみた。開いた。今度は、するすると開いた。

「なにしとう」

驚きのあまり、思わず神戸弁が出た。

目の前に突然由佳が現れた。鍵を開けたのは彼女だった。

「ここで何をしているのだ」

「先生なら、今日はお戻りになりません」

「君は、ここで暮らしているのか」

「いいえ。しばらく留守をされていたので、お使いになる前に風を入れに来たのです」

「こんな、湿気《しけ》った日にか」

一樹は由佳を押しのけて玄関に入ると、奥に声をかけた。

「鷲尾先生。澤です」

「だから、先生はお留守なんです」

「鷲尾先生。澤です。上がります」

小さな家だ。全体の間取りは分かっている。一樹は画室のふすまを開けた。暗い。湿気た畳の匂いがした。誰もいない。

「だから、お留守なんです。お急ぎなら、東山のお宅にお電話を」

由佳がただならない一樹の様子に怯えながらも、後をついてきた。画室に旅行鞄と紙袋を置いたまま、次の間を開けた。誰もいない。あとは台所だけだ。本当に鷲尾は留守のようだ。だが奥に、あと一部屋あった。

「やめてください。そんなところまで」

由佳が強く制止したが、振りきって、その部屋を開けてみた。先ほどぼんやり光が洩れていたのは、そこの薄明かりだった。ここも雨戸が閉められていた。明かりが照らし出していたのは、女の荷物だった。

「どういうことなのだ。これは……ここは君の部屋なのか」

「いえ。ただ荷物を置いてもらっているだけ」

「はん、そうか。そういうことだったのか。さぞ二人して僕を笑っていたのだろうな。そうか、そうだったのだ。知らないのは僕だけだったのだ」

一樹は大声で笑いだし、それはいつまでも止まらなかった。

「やめてください。どうされたのですか？　急に。笑うのは、やめて」

一樹は由佳を壁際に追い詰めた。

「こうして初めてのキスをした。僕は君の手を握るのにも汗だくで、唇に触れるときもどきどきしていた。君を抱き寄せられたときには、どれほど幸せだったことか。でも君は、とうに彼のものだったのだ」

「彼のもの？」

「とぼけるなよ。鷲尾、あの爺さんに金で売っていたのだろう。身体中、汚い。あいつの匂いがする」

「ちがいます。なんということを」

「君が鷲尾の『山崎のお妾』だなんて、絶対ちがうと思っていた。だが、これでよく分かったよ。あんなに坂道を速く下れたのも、ここに慣れていたからだ」

「ち、ちがいます。それは、私が山の生まれで、比良……はっこうの」

「連絡先も教えられないはずだよな。ここが君の家。君の囲われている場所だったから。俺はこんな汚らしい家で、神聖な将棋を……それも毎月来るのを楽しみにして……なんという裏切り」

「そんな、言いがかり」

由佳は一樹の怒りに恐怖を覚えながらも、彼の誤解の輪郭が次第に掴めてきた。

「それは誤解だ」とどれほど叫んでも、一樹は耳を貸そうともしない。しかしこれはひどい誤解なのだ。絶対この間違いは正さなければならない。このままだと、あまりにも自分が惨《みじ》めで、あまりにもくやしい。

(ひどい、ひどすぎる。あんまりだ)

「間違いだと言うなら、証明しろ。証拠はあるのか」

一樹はさらに迫った。

「そんなことを、どうやって……」

由佳はがっくりと肩を落とし、しかし顔には悲壮な決意が次第に現れてきた。手早く帯を解《と》き、着物を脱いで足元に落とした。肌襦袢《はだじゅばん》と下帯だけになった。

「そんなに言うなら、自分で確かめたらいいでしょう。さあ……こんなに言っても分かってくれないのなら。汚いかどうか、確かめなさいよ」

そのただならない様子に、いっときは怯《ひる》んだ一樹だったが、こんな女の勢いに負けて、引き下がってはいられない。

(老人と、二人して騙《だま》したんだ)

プライドがずたずたにされたために、怒りは前よりも強くなってきて、身体中からその怒りが女に放射していくのが分かった。一樹はスーツの上着を脱ぎ捨てた。ネクタイを外す。そうしながらも、憎しみでいっぱいの目で由佳を睨むことをやめなかった。睨みながら、カッターシャツのボタンを、順番に外していった。

(恐い)

由佳も半ば怒りにまかせて啖呵《たんか》を切ったものの、彼がベルトに手を掛けたときには、さすがに恐怖のあまり逃げ出したくなった。

「やめて」

しかし今さら、火に油を注いでしまった以上、もう止まるものではなかった。一樹は由佳の下帯を解き、襦袢を剥ぎ取り、その場に押し倒した。声に出して言った。

「汚い。汚い女だ」

　もとよりその扱いはぞんざいで、乱暴だった。これまでの一樹のどんな手の動きよりも、これほどの乱暴な動きはなかっただろう。哀しいまでに乱暴で、凶暴であった。とても恋しい女の子に対する扱いではなかった。由佳はなんども床に後頭部と肩をぶつけられた。そこには愛も慈しみも優しさもなかった。そういったものは、微塵《みじん》もなかったのだ。

（私は自分を売ったことはない。これだけは分からせなければ）

　身体は本能的に苦痛を避けようとしていた。逃げようとしていた。苦痛が全身におよんだ。だが、意志の力で、彼女は立ち向かっていった。逃げなかった。絶対に逃げてはいけない。この人にだけは、誤解されたままでいたくない。身体を開いてじっとしていた。早く気づいてほしい。

　一樹は「汚い」「汚い」と叫び続けた。そしてついに泣きながら、

「汚い……だけど、好きだ、どうしようもなく、好きだ」

と、耳元で、なんどもなんども呻きながら言い続けた。

　霧が晴れた。太陽の白日の光が雨戸の隙間から射し込んできた。太陽が夕べに赤

い色を帯びる前に、ひときわ強く輝くことがある。その白日光が由佳を照らし出した。

「これで分かったでしょ。こんなことしたの、あなたが初めて」

光は、由佳の乳房を照らし出した。おぼつかない形の真っ白な隆起に、薄い桜の花びらがそっとのっているような、そんな少女の胸だった。清らかで美しかった。その美しさが、全てを物語っていた。

「もう二度とこんなこと、しないでください。くやしい」

由佳の涙が頬を伝って、耳に流れた。

「どいて」

起き上がって着物を手繰《たぐ》り寄せ、部屋の暗がりへ持っていった。色とりどりの腰紐が辺りに散らばっていた。肌襦袢を着けた。一本の腰紐を手繰り寄せた。紐は生き物のように床を這ってやって来た。

(由ちゃん、女の子には生涯でただ一人、めぐり合う男の人がいるのよ)

ばあちゃんが言っていた。裏の柿の木の下で、そう言っていた。

(ちがう。絶対にこの人ではない。こんな人が、たった一人の人であるものか)

また一本、紐は生き物のように、呆然としている一樹の傍から由佳のもとへ走り去っていった。一本、また一本と、彼の傍から去っていった。やがて紐は由佳の腰に納まっていく。一樹はそれをぼんやり見送っていた。

「下帯……あなたが解いた……そこ、敷いてる」

由佳が下帯の端を持って、ぐっと引っ張った。

「ああ」

腰を浮かすと、帯はするすると巻き取られていって、今度は彼女の身体に巻かれていった。

（なにか言わなければ）

一樹は頭をかきむしったが、言うべき言葉は見つからなかった。

（ちがう。絶対にこの人じゃない）

本当に生涯ただ一人の大切な人との思い出なら、優しくて温かくて、愛情で溢れていて、去りがたいほど、別れるのがつらくなるほどなのだ……きっと。本当に大切な人となら……本当に恋しい人となら……でも、この人はちがう。

「去《い》んで……もう二度と来んといて」

（だから……ちがう）

由佳は泣きだした。もうがまんできなくて泣きだした。一樹はもう一度、今度は優しく抱きしめようと近づいたが、強い拒否にあった。頬を張り倒された。

「あんたなんか、大っきらい。自分のことしか、考えてないでしょ」

もう一度、必死で抱きしめようとした。今度も精一杯の抵抗にあった。

「きらいなんだから」

一樹も必死になった。

「一緒になろう。一生大切にする。一生大切にします。もう泣かしたりしない。絶対に、約束する」

それでも由佳は夢中で彼の腕を振りほどこうとし、しばらく揉み合っていた。しかし、目の前に動く彼の腕を見て、急に抵抗をやめた。思わず目をそむけたくなるような、ひどい火傷《やけど》の痕があった。それは肩口から二の腕にかけて広がっていた。

「なにがあったの。かわいそうに、こんなになって……さぞつらいことが」

急に由佳の力が抜けていった。両眼から涙が溢れた。

(本当に、何があったの。かわいそうに、こんな……)

視線を感じて、一樹は、

「ああ、ごめん。驚かしたね」

と言いながら、急いでカッターシャツを身につけ、ボタンを留めはじめた。

「いつもは気をつけているのだけれど」

と、付け足しながら、今度は諭すように言った。

「モデルをやめて神戸においで」

「……」

「モデルを、やめるんだ」

「鷲尾先生は恐い。そんなこと言えません。桜のときとはちがう。特に竹の絵では、鬼みたいで……あなたは、あの恐さを知らない」

「だったら、僕が言うから。もうここにいてはいけない。鷲尾先生は変わられたのだ。先生にだって、いろいろつらいことがあったと聞いた。君がここにいたら、世間から誤解や中傷を受けるだけでなく、何かひどいことが起こりそうな気がする」

「そんなこと、言っても……どうしたら」

「一緒になろう。ね。大切にする。絶対に泣かしたりしない」

由佳は、瞳にためらいの色をたたえつつも、一樹をじっと見つめた。

「そうだ。これをあげる」

一樹は、いつも大切に持っている駒袋から一枚駒を取り出すと、由佳の手に握らせた。それは、大好きな水無瀬駒の一つ「玉将」だった。

「こんな大切なもの、いただけません」

由佳は手を開いたが、一樹は駒を手にした由佳の手を両手で閉じ合わせ、優しく握りしめた。

「今度会ったとき、また、駒袋の中で一緒になれる」

一樹は優しく肩を抱き寄せた。彼が今までこんなに優しかったことはなかった。

一樹の指が、由佳の頬の涙を優しく拭《ぬぐ》った。

「僕のところにおいで。迎えに来るから」

もう一度、一樹の唇が由佳の唇に優しく触れた。由佳は小さくうなずいた。


一樹が東京へ発《た》つ時刻が迫っていた。二人は急いで連絡先を交換した。一樹はもちろん、対局が終わればすぐに帰って来るつもりだった。鷲尾の画室に旅行鞄を取りにいった。だが、その隣に置いておいた紙袋のことは忘れていた。暗かったので、ついうっかり忘れたのだ。その袋には、先ほどみんなで出版のお祝いをしたばかりの水島先生の本『将棋入門』が入っていた。「恵存　澤一樹様」と記されてあり、サインと日付けも付されてあった。

四　神戸ともし灯

　東京での対局が終わればすぐに帰るつもりだった。しかし、将棋界で長年功績があった将棋連合会の元会長の突然の訃報《ふほう》によって、その予定は大幅に遅れた。故人は永世名人の称号を持つほどの人物だったので、葬儀に参列し、さらにその関連の行事にも参加しなければならなかった。他の所用も全て終え、東京を離れたのは、山崎を発ってやっと一週間後のことである。その間に、一樹は何度か由佳に電話を入れた。しかし応答はなかった。

　京都に着くと、すぐに山崎を訪ねた。山崎のアトリエは貸家になっていた。その足で、由佳の京都の下宿先も訪ねた。だが、そこもすでに転居した後だった。東山の鷲尾家に電話を入れた。誰も出ない。尚文堂に電話してみた。

「社長はしばらくヨーロッパへ出張です。一ヶ月くらいの予定ですが」

　従業員が乾いた声で応対した。急に、一樹の周りから人が消えた。

もう一度山崎を訪ね、貸家の連絡先になっている不動産屋を探した。店主は、鷲尾が急病で救急搬送されたらしいと教えてくれた。

「そうですなあ。この辺やったら、救急は京都病院かいなあ」

個人情報保護法の施行後、病院は入院の有無を教えてくれない。それでは、と思いついたのが、棋界の情報紙のようなプレスが美術界にもあるのではないか、ということだった。そのルートをたどると、やはり碧水は京都病院に運ばれたらしい。先ずは病院だ。先日参列したばかりの棋士の葬儀が、ふっと思い起こされた。鷲尾もそう若くはない。病気になってもおかしくはないだろう。ただ「救急」が引っ掛かる。山崎のアトリエには人はいない。考えられるのは由佳だ。由佳が救急を呼んだのか。それはどんな状況だったのか。胸騒ぎがする。

なんとしてでも碧水に会わねばならない。それに、由佳を探すには、彼に会う以外、手立てがないのも事実だ。

花束を持って京都病院に出かけた。しかし大物の日本画家の故か、あるいは余程病状が悪いのか、紹介者のいない一樹には、病院は何も教えてくれなかった。途方にくれた。どうしたらいい。

磨き抜かれた大廊下の先の暗闇を、思いつめた目で見つめた。それは、さらに奥へ奥へと、どこまでも続いていた。

（この大病院の病室をしらみつぶしに当たる）

自分を極度に追い詰めてしまっている。酸っぱくて気味の悪い何かが、喉元を突き上げてきた。

遠くから呼ばれた。

「さわ……澤じゃないか」

振り向くと、白衣の樫田が小走りに駆けて来た。

「ああ、やっぱり。こんなところで、何しとう？」

「君こそ」

「ここは、うちの関連病院だから」

樫田は、研修を受けているのだ、と言った。樫田と会うのは二十歳の春以来だ。一樹も棋界で地歩を固めつつあったが、樫田も医師になるべく研鑽《けんさん》を積んでいる。

手短に事情を説明する。

「そういうことなら、聞いてきてやるよ。待ってろ」

彼はメモを片手に、程なくして戻って来た。

「その人、もういないって。転院先は、白川の介護付き病院だな。これが地図と電話番号だ。向こうは、ここみたいにガードが固くないから、会えるだろう。ただし、意識があればの話だが」

「そんなに悪いのか？」

「酒は？」

「飲まない」

「おまえじゃないよ。患者さんだよ」

「ああ、かなりの酒豪だ」

「だろうな。ストレスは？」

「画壇に敵が多いと聞いた」

「女は？」

「あ、ああ……」

「不摂生だな。脳の血管も切れるさ。そっちの病院でリハビリして復帰するか、まあ、療養が続くか、だな。転院したということは、そういうことだ」

「ありがとう。恩に着るよ」

「いや。それよりどう？　調子は。六段になったんだって？　凄いな。うちの親父、いつもおまえのこと、自慢してるよ。澤六段に将棋を教えたのは、自分だってさ」

「いつも樫田先生、父と将棋を指してたもの。見て覚えたんだ」

「じゃあ、役には立ったんだな、うちのも。ところで、あのときの火傷、大丈夫か？　それも気にしてた」

「ああ」

「痕が残ったのが、悔やまれる」

「いや、命を助けてもらったんだ。火傷くらい。筋向かいが樫田医院でよかったよ。先生には、本当に感謝している……」

「なあ、今の形成の技術って凄いんだぜ。ここの皮膚科、紹介するよ。手術、受けろよ。親父も勧めてた」

「うん、でも」

「放っとくと、今後、不便なことも起きるぜ」

「うん。でも、水島先生を差し置いて、自分だけ綺麗にするわけにはいかない。やはり先生が先だ」

「そうか。でもなあ……」

少し考えていた樫田だったが、続けてこう言った。

「傷ってやつは、年を取ってくると身になじんでくるものなんだ。そういう患者さん、診《み》てきたから分かるんだけど……先生も、もう自分の一部になっているのかもしれない。でも、おまえは違う。俺らは違うんだ……その気になったら連絡しろよ。これ、渡しとく」

樫田は名刺と病院のパンフレットを手渡し、ちょっと微笑んだ。

「好きな娘ができる前にな……さっぱりしろよ。そして……そしてもう、神戸は終わりにするんだ」


白川通りまで行くと介護付き病院はすぐに分かった。いかにも長期療養者の病棟らしく、生活の匂いがしている。庭に出てぼんやりしている人、散歩している人、ロビーで折り紙の指導を受けている人もいた。

受付で患者名を告げると、寮母さんが部屋まで案内してくれた。

「鷲尾さあん、ご面会ですよ」

寮母さんは、ドアを開けながら、少し大きな声で呼んだ。

「澤です。おかげんはいかがですか?」

眠っていた碧水が、うっすらと目を開けた。

「昼間は起きておいてね。夜、困るでしょ。ついでにお小水も見ておきましょうね」

寮母さんは、おむつのチェックをすると、

「お帰りのときは、ナースステーションにお声をかけてください」

と言って出て行った。一樹と鷲尾、個室に二人だけになった。

(これが、あの碧水か。本当に鷲尾碧水なのか)

頬骨に白い蝋《ろう》のような肉がかろうじて付いている。目に濁りがある。右半身が麻《ま》痺《ひ》しているらしい。いくつものチューブが彼の生体を維持しているようだ。それでも一樹が来たのが分かったのか、左手で手招きをした。何か言おうとする。かがんで口に耳を近づけた。

「ゆうは、やらん」

この老人は、こんなになっても由佳に対して、まだ妄想のような執着を持っているのか。一樹は吐き気がしてきた。すると老人は、枕の下から一枚の絵を抜いて、一樹に手渡した。一目見たとき、一樹の顔色が変わった。

裸体の由佳が横になっていた。哀しげな両眼から今にも涙がこぼれそうだ。「つらい、つらい」と言っているのが、一樹には分かった。

真っ白な肉体が、泣いていた。どれほどのつらい目に遭わされたのだ。何があったのだ。老人はおまえに何をしたのだ。こいつは……。

落款《らっかん》の横に付された日付けは、一樹が山崎に寄った翌日のものだ。

一樹は拳を握り、わなわなと震え始めた。ベッドに半歩近づいた。許せない。

「先生、人を殺したいような顔、してますなあ」

間一髪だった。入り口に人が立っていた。

「おっそろしい。しかし、こんな年寄りを殺して刑務所では、割に合わん。止めときなはれ。さあ、この絵、しもときまひょ。この人の宝物やさかい」

男は勝手を知っているのか、絵を再び枕の下に入れた。

「将棋の先生でしたな。お久しゅう。画礎堂です。山崎のアトリエで何度か」

「あ、確か、インターネット専門の……」

画礎堂は、碧水に、しきりに屏風をネット・オークションに掛けるように勧めていた。そんな画商が、こんなところにまで来ているのか。

「ちょうどよかった。ご連絡しようと思っていたのです。画室に将棋の本をお忘れでしたね」

急に血の気が引いた。あそこに忘れていたのか。水島先生の本だ。そしてそれには自分の名前が書かれてある。「知らない」と突っぱねることはできなかった。

「店に置いてましてねえ。ここでお会いできるのなら、持って来たんですが。しょうがない。ついでにお送りしましょう。店にお寄りください」

画礫堂はねちねちした物言いをして、一樹に有無を言わせなかった。

車は名神高速を走って大阪に向かい、阪神高速に入りしばらく走行すると、福島ランプで一般道に下りた。関西将棋会館が、もう目の前だ。

「店はすぐそこです。お帰りは便利ですよ」

店といっても、尚文堂の画廊のように絵画が飾られている瀟洒なものではなく、古い町工場を倉庫にしたような代物だった。下に車を止めて、二階に上がる。部屋中が物で溢れ、高く積まれたダンボールの列の間に、壊れかけたソファがあった。デスクトップのパソコンも何台かある。

「本は？　どこなんです」

「まあ、そうせかんでも。ちょっとお目にかけたいものも、ありましてね」

画礫堂は奥から画帳を取り出すと、一樹にソファに座るように言い、自分もその横に座った。

「これなんですが」

目を疑った。これは……なぜこのようなものが、こんなに。

「きれいなものでしょう。やはり一流のモデルの裸体ともなると」

「なぜだ。なぜこんなに」

とても全部に目を通せなかった。由佳の裸婦像の画帳であった。

「なんといっても、碧水画伯の丹精ですからなあ。きれいですなあ。ほら、これなんか、なんとも言えない……このポーズ、ぐっときますなあ。美術といってもやはりねえ、男にとっちゃあ……ふむふむ……もっとよくご覧になれば、おたくも楽しめますよ」

「やめろ。何なんだ、これは」

「鷲尾碧水画伯の絶筆……になるはずのものです。倒れるまで描き続けた画家の渾《こん》身《しん》の作。『山崎若竹』とでも名づけますか」

「それが、なぜここにある？」

「頼まれたんですよ。ネット・オークションに掛けるように」

「なんだって？」

「一枚、一枚、ネットで公開するわけです。そして値を吊り上げていく。世界中の人に見てもらえる」

「なんてことをする」

「あなたにとやかく言われる筋合いはない、と思いますがねえ」

「ひどい。鷲尾先生が倒れたのをいいことに」

「ひどいのはどちらです。大体、こういうことになったのは、どなたのせいなんでしょうなあ」

画礫堂は煙草《たばこ》を吸って、長く息を吐いた。またたく間に、狭い部屋がむせ返るような紫煙で充満した。

「本を取りに来たんだ。返してもらおう」

「駄目です。商談が成立するまでは」

「商談？」

「どうです？　この画帳、オークションに掛ける前にお買い求めになりませんか？　今ならお安くしておきますよ」

「画帳を買う？」

「そうですよ。そうすれば破ろうと焼こうと、あなたの好き勝手だ。だが今、手を掛けられたら、あなたは犯罪者です」

画礫堂は画帳を閉じて、向こうのソファに放り投げた。

「それにね。彼女だって、こんなのが出回れば、一生、世間に顔向けできませんよ。

恥ずかしいでしょうしねえ」

「彼女？　彼女に何をした？　どこにいるんだ」

　言うが早いか、思わず画碌堂の胸元をつかんだ。

「ちょ、ちょっと乱暴な。そう熱くならなくても……知りませんよ、女の居所なんて……とにかく大変な騒ぎだった。碧水先生が帰って来られたら、あなたの本が、どこにあったと思います？　画室ですよ。ガ、シ、ツ。画家にとっちゃあ、誰にも入られたくない神聖な場所に、あなたの本があったんですよ。しかも日付けが入っていた。推測すると、水島先生が揮毫《きごう》された日か、次の日に、あなたは山崎に立ち寄ったことになる。画家が戻ったのはその翌日ですからね。不法侵入で訴えてもいいんですよ。なんでしたら」

　一樹は頭を抱えて聞いていた。おとなしく聞くしかなかった。画碌堂はさらに続けた。

「ああいうモデルの命はねえ、一瞬なんですよ。蕾《つぼみ》から花開く寸前の美、というか、少女がふと見せる愛らしさ、女というにはまだ幼すぎるが、かといって子供ではない、不思議な魅力。美人画というジャンルは、日本画に独特のものです。まあ、美人といっても画家によって、いろいろで。年増好みもいれば、碧水のように、ロリコンもいる。とにかく花屏風までは、碧水はまともだった。しかしあの後、爺さんは必死になった。自分の老化と、モデルの女の子が女になるのとの、競争になった。そこへあなたが現れた。あなたが変にちょっかいを出すものだから、女に変わるのが加速される。それだけでも焦るのに……女というのはね、恋心を抱いただけで、身体の線、表情、何から何まで変わるんですよ。ま、これは、あの爺さんの受け売りですがね。そこへ今度の一件だ。モデルは絶対に脱がないと言い張る。可哀そうに爺さんは、モデルにさえ拒否されたんだ。その怒りは凄まじい。奴は描きに描いた。嫌がる女を押さえつけてでも、縛り上げてでも……。数日が過ぎ、画家は倒れた。ふん。爺さんをあんなにしたのは……チューブに繋がれる目に遭わしたのは……あんただ。あんたなんだよう」

画碌堂は呆然となっている一樹の肩に手を置き、今度は猫なで声を出しながら、背中をゆっくりさすり始めた。

「分かります。あなただって、何もこんなことになるなんて、想像もできなかった。そうでしょ。お察ししますよ。でも、今となっては、お互い一番良い方法を取るべきです」

「いくら」

「えっ」

「いくらだ。僕が買う」

「これを全部？」

「そうだ。いくらなんだ」

「それはそれは」

画碌堂は口元をゆるめ、片手を上げて指を一杯に広げた。

「五万」

「冗談でしょ」

「五、五十万」

「碧水と言えば、人間国宝クラスの画家。今は右手が麻痺している。もうこれ以上描けないかもしれない。しかもモデルはあの花屏風の女、とくれば……五千万」

「五千万！」

「死ねば絶筆となり、億に跳ね上がる。今だから五千万ですむ」

「とても僕には買えない」

一樹は、また頭を抱えた。

「まあ、そんなに悩まなくても。買える方法が一つだけ、あります」

画碌堂は、一樹の肩を優しく抱くと、耳元でささやいた。

「あなたの力で買えるんです」

「無理だ」

「方法がたった一つ」

その呪文《じゅもん》のように繰り返される言葉に、一樹はやっと顔を上げた。

「買える方法？」

「そうです。あなたなら、買えるんです。ご自分の力で、誰にも頼らずに、ふふ」

「どうするんだ」

一樹は、次第に画碌堂に絡め取られていくのを感じていた。

「どうしたら、いいんだ」

さんざん焦《じ》らしたあげくに、画碌堂は再び煙草に火を点け、今度は一樹に向かって煙を吐き出した。

「どうしたら……いいんですか」

画碌堂は、獲物を前にした蛇のように舌なめずりをした。

「そうそう、そういうふうに下手《したて》に出ればいいんだよ。こっちもなんとかしてやろう、という気になる。いくら将棋指しだって、初めっから高飛車に出られるとな」

「教えてください。お願いします」

なぜこんな最低の男に頭を下げなければならない……と思うと、怒りで両眼の奥が焼けるように熱くなった。

「将棋だよ。おまえの」

「無理だ。僕の対局料を、全部注ぎ込んでも」

「誰が、おまえの対局料なんか当てにする。表の世界の対局料なんて、たかが知れてる」

「表の？　……裏があるのか」

「ふん。おまえの実力ならすぐに稼げるよ。五千万」

「賭け？　賭け将棋か……真剣師になれと……しかし昭和の最後の真剣師は亡くなり、真剣の世界は終わったはず」

「ネットだよ。ネット真剣。このネットという奴、いろいろと闇で金儲けをさせてくれる」

「できない、それだけは。真剣だけは、許してください」

「誰にも分からないんだぜ」

「お願いだ。お願いします。他のことならなんでもする。なんでもします。真剣だけは……できない。命を取られても」

「そうか」

画碌堂は、あっさりとこの提案を取り下げた。

「では、タイトルを獲るんだ。棋界には七つのタイトルがある。いずれも賞金が莫大だ」

「それも無理だ。先ず名人は、A級に入っていなければ挑戦できない。王位も王座も、自分は挑戦者になっていない。それどころか、本戦にも入っていない」

「いや、一つだけ……。下のクラスからでも勝ち上がれば、挑戦者になれるのが」

「竜王位か……しかしあれは、まだ五組」

「五組でも優勝したじゃないか。こっちはなんでも知ってるんだぜ。以前、四組から竜王位を奪取した棋士がいた。やってやれないことはない。しかもこのタイトルの賞金は三千二百万。勝ち上がっていくにつれ、入る対局料を入れれば五千万にはなる。これをやってもらおうか。水島の秘蔵の弟子、毎年昇級していく世紀の天才。澤一樹六段。まあ、失敗したら、ネット真剣をやるんだな」

画碌堂はドアまで付いてきた。結局、本は返してはくれなかった。

「なぜ、将棋会館の近くに。いつから」

一樹の肩を抱いた画礫堂は、口を耳元に近づけてきた。

「こないだや。澤さん。あんたを見張るため。まあ、仲良くやりましょうや」

いつのまにか、将棋会館の前に来ていた。小雨が降ってきた。一樹は、これまでこれほど後ろめたい気持ちで会館を見上げたことはなかった。奨励会の頃、ただ将棋が強くなりたいと思って通った。プロになってからは、将棋をすることだけに真っ直ぐに向かっていった。将棋を自分の道だと定められたときの嬉しさがまだ全身に残っている。しかし今は、犯罪者のように玄関前に立っている。やましさが、入ることをためらわせた。

(自分はもう、この会館に正々堂々と入る資格がない人間に成り下がってしまったのか)

一樹はたった一人、唇を噛みしめて、いつまでも将棋会館を見上げていた。見上げるしかなかった。いつのまにか夜の雨が、一樹の身体を濡らしはじめていた。

竜王戦決勝トーナメントが始まった。一樹は今期五組で優勝しているので、先ず、六組優勝者と当たる。勝てば四組優勝者、一組五位、一組四位、一組優勝者と当たり、勝ち上がると、挑戦者決定戦三番勝負を経て、やっと挑戦者だ。現竜王と七番勝負を争い、先に四勝すれば、竜王位に就ける。

五組優勝者は対局料が四十万だが、勝ち上がっていけば対局料も跳ね上がる。挑戦者決定戦に勝てば、七百万だ。今まで金のことは頭になかった一樹だった。いや、おおよその金の額は、分かってはいた。しかし一樹にとって、金より大切なのは、将棋の内容だった。それが今は、金額が脳裏をかすめる。

絶対に勝ち続けなければならない。一度でも負けると、それでおしまいだ。もし今、誰かに相談すれば、きっと「忘れてしまえ」と言われるだろう。手を引けば、また日常に戻れる。確かに本は取られてはいるが、もっともらしい理由を考え出して、突っぱねればよい。

だが、水無瀬駒を握らせ、男がいったん女に一緒になろうと誓った以上、その約束を反古《ほご》にできるだろうか。しかも、彼女を過酷な目に遭わせたのは、他でもない、自分なのだ。それだけではない。もしあの絵がインターネットで公開されたら……と想像しただけでどうかなってしまいそうだ。

とはいえ、竜王戦はとてつもなく難しい棋戦だ。予選でも、勝ち上がるのは至難の業だが、決勝トーナメントは究極のサバイバル、つまり命を削る戦いとなる。一戦でも負けられない。勝てば勝つほど上位者と当たる。名実ともに竜王位は、名人位と並ぶ棋界の最高峰なのだ。

確かに四組から勝ち上がって竜王位を奪取した棋士がいたことは事実である。彼の勝ちっぷりは、今でも語り継がれているほどだ。彼が自分で長い間かけて編み出したのは、新手とか新戦法といった次元を遥かに超えた新システムだった。そのシステムは、相手の出方に応じて変化するばかりでなく、常に全ての駒が有機的に連動して相手陣に襲い掛かるという、これまでにありえなかった働きをした。しかも、同じシステムを他の棋士が使っても、けっして最高の結果を得ることができない。つまりオリジナリティーに溢れていて、創始者の彼にしか使いこなせないものだった。そのシステムによって、彼は竜王戦に登場し、四組から勝ち上がり、竜王戦盤勝負において当時の竜王に四タテを食らわし、竜王位に就いたのだった。

自らのシステムを編み出すのは、もちろん全棋士の望むところだ。しかしそれは百年に一度出るか出ないかと言われるほど難しいものだ。それでは新手、新戦法があるかというと、澤六段には、まだそれがない。澤流と言えるもの、澤の将棋の強み、そのものがまだない。それがないにもかかわらず、必勝の方法を考え出さなければならない。

最初に当たる六組優勝者は、四段だ。四段といっても、優勝している以上、五戦連勝負けなしである。勢いが凄まじい。波に乗っている。だが一樹は、ともかく実力通り、僅差の勝負ではあったものの、四段には勝てた。次に当たるのは四組優勝者だ。五組よりも実力者揃いの組で優勝した棋士だ。今期の優勝者は、原田祐二六段である。

できれば当たりたくない相手だが、相手を選ぶ権利なぞない。このうるさい兄弟子を破らなければ上へは行けない。しかも今期の原田は乗りに乗っていた。

決勝トーナメント最終盤、原田六段は圧倒的優位に立っていた。詰めに行く方法が何通りかある。迷うところだ。どれかを選ばなければならない。しかしどの手で行っても勝てる。勝利が目前だ。それに対して、澤六段は絶体絶命、駒は皆、瀕死の状態である。通常なら形作りをして、なんとか格好の付く棋譜を作る局面だ。以前なら投げていただろう。だが本局は投げなかった。いや、投げることができなかった。

絶対に勝たなければならない。どんな手を使ってでも……。

（あれしかない。そうだ。あれしか……ない）

一瞬、躊躇《ちゅうちょ》した。そんなことをすれば、仮に勝ったとしても軽蔑されるにちがいない。いや、それだけでは収まらない。殴り倒されることも覚悟しなければならないだろう。しかしこの局面、勝つためには、それをやるしかなかった。

「汚ねえ。許せねえ」

原田は、思わず一樹に罵声《ばせい》を浴びせた。数手前、ありえないことが起きたのだ。

「負けました」

原田は右手を駒台に置いて、絶対に下げたくない頭を下げた。涙と汗が頬を伝っていた。

彼にとって、竜王戦は大きな夢だった。原田は感想戦では何も言わなかった。最後の数手でひっくり返された盤面をじっと見詰めていた。疲労の色が濃くにじんでいる。

しかし原田に勝って三局目、一樹は一組優勝者に負けた。実力に差がありすぎたのだ。一樹の竜王戦は、この時点で終わった。


将棋会館を出たのも覚えてはいない。絶望が身を苛む。目が霞みふらふらする。

環状線の高架下、外車が急ブレーキを掛けた。

「危ない。澤君、乗りなさい」

尚文堂は一樹を車に押し込んだ。車は大阪湾から神戸湾へ、深夜の湾岸をかなりのスピードで走った。メリケン波止場に近づくにつれ、明滅する港の明かりが減ってきた。海岸通が濡れている。夜の雨だ。神戸旧居留地に入ると、ほどなくして車は水しぶきを上げて止まった。尚文堂の所有する石造りの堅牢な洋館の前だった。

「ここだったら、邪魔が入らない」

尚文堂は、マホガニーのドアを押して洋間に入ると、一樹にソファを指示し、後ろ手に鍵を閉めた。テーブルのランプの明かりが重厚な家具とフランス窓を浮かび上がらせていた。

「しまっておきなさい。あなたの本だ」

尚文堂はテーブルに水島の著書を置いた。一樹が、山崎の鷲尾のアトリエに置き忘れた例の本だった。

「どうやって、これを」

「こっちもこの商売を何十年となくやっている。駆け出しの者からこれを取り上げるくらい、わけはない」

尚文堂は初めて怒りを顕わにしたが、すぐに落ち着いた口調に戻った。

「大体のことは察しが付いている。しかし、君の口から直接聞きたい。何もかも言いなさい。悪いようにはしない」

尚文堂は、黙ったまま、一樹に最後まで話をさせた。

「どうして、もっと早く相談してくれなかったのです。あのとき、水島の家で会ったときにでも。君を鷲尾先生に紹介したのは私だ。責任がある。君に対しても、水島に対しても」

「すみません」

「謝ってすむ問題ではないだろう」

尚文堂は、大きく息を吐いた。霧笛が遠くに聞こえ、余韻が長く尾を引いた。

「インターネットは闇の世界を作り出す。それだけではない。人の心の中にその闇を広げる。下賤《げせん》な奴に引っ掛かったものだな」

尚文堂は、一樹に軽蔑の目を向けると、吐き捨てるように言った。

「あの画帳は全て贋作《がんさく》だった」

「ええっ……」

「素人を騙すのはたやすい。碧水の画筆の特徴を知る者にとっては、見破るのは簡単なことなのだが」

インターネットが出てから贋作づくりが巧妙化し、デジタル化によってさらに贋作は見破りにくくなったという。著作権の侵害も甚だしい。そのため尚文堂は、海外の事情と著作権法の運用の仕方を視察しに、ヨーロッパに出張していたのだった。

「日本でもしっかりした法を作り、取り締まらなければ、こういう輩《やから》が野放しになる」

「病室で見た絵に余りに迫力があったので、他のも本物だと思ってしまいました」

「病室で?」

「はい。画家本人が枕の下から取り出した絵です」

「分かった。それも調査してみよう。とにかく、君はこの全てを忘れることだ。一切関わりなかったことにしなさい。幸い贋作問題は未然に防げた。警察に呼ばれることはないだろう。君と水島は、私がなんとしてでも守り通す」

「彼女はどうなるのでしょうか。まさか、警察に調べられる、ということは」

その一言を聞いて、これまで抑えに抑えていた尚文堂の怒りが爆発した。今まで怒りの大半は、ふらちな同業の画碌堂に向けられ、胸の内で煮えたぎっていたものだったが、その怒りが、今度は一樹に、一時に吐き出されることになった。

「こんなに言っても、まだ分からないのか、君は。水島と女と、どっちが大事なんだ」

彼は一樹に襲い掛かるとすばやく押さえ込み、息ができないほど締め上げ、カッターシャツのボタンを引きちぎり、右の肩口を顕わに開けた。手をゆるめずに、しかし言葉づかいは丁重に諭すように語りかけた。

「こんなことまでされて、男として恥ずかしいでしょう。そのまま聞きなさい。水島は、けっしてあなたに恩を着せたことはない。そういう男だ。私だって、こんなことを言いたくもない。あなたの右の二の腕に火傷があるでしょう。ここだ。水島には左にあります。……神戸は、あのとき……人間……だった。みんなが人間を守ろうとしていた。対局の前日、避難所であなたを抱いていた。温めていた。それが水島だ。水島は眠っていない。それがどんなに過酷なことか、今のあなたには分かるはずだ。当時の王将も、王将戦を控えておられた。神戸の棋士は、八時間も九時間もかけて、疲れきって大阪へたどり着いた。武庫川を越えたとき、わが目を疑ったと言う。そこには人と街の普通の生活があったからだ。被災というハンディを負っていながら、それを言い訳にはできない……それでも彼らは勝たなければならなかった……絶対に。誰もが神戸を背負い、そして神戸のために勝たなければならなかったのだ。王将は王将位を防衛し、水島九段はA級に残留を決めた。棋士だけではない。あらゆる分野の人が、その持ち場、持ち場で、最高の働きをしようとしていた」

尚文堂は、一樹の喉元を締めつけていた手をゆるめると、はだけていた胸元をかき合わせてやった。シャツのほとんどのボタンがちぎれていた。

「人間の行動の基準の第一は、皆同じだ。二番目からは、人によって違う。好きにすればよい。しかし一番だけは、誰もが守らねばならない。それは『人倫の道に外れない』ということだ。人倫の道とは、つまり人間の道だ。人として絶対に守らなければならない道だ。あなたにとって、水島の名誉を守ることこそが、人の道なんだ。知っての通り、棋界は最もスキャンダルを嫌う。つまりは、金と女だ。もしネット賭け将棋の関係者として、君の名がマスコミに出たならば、水島一門はどうなる。水島が今まで築いてきた棋士としての名誉も何もかも、最悪の形で汚れきってしまうんだ。分かるね。今度のことは、水島は知らない。私も何も言うつもりはない。とにかく、全てを忘れなさい。忘れるんだ。女性のことも、全てだ。分かったね」

尚文堂は一樹を引き起こすと、再度、念を押した。

「分かったんだろうね」

「はい」

「よし。その返答、確かに聞かせてもらった」

外が少し明るくなってきた。

「送ろう。阪急六甲だったね」

「いいえ。もう電車も動いていますし。帰れます」

「そのシャツでは外にも出られまい。それにその顔色。海にでも飛び込まれたら、こっちが迷惑だ。乗りなさい」


水島九段は一人で自室に籠っていた。ついに原田が水島邸に呼ばれ、次の間で待つように言われた。彼はかなり長い間、息を詰めて待っていた。だが、なかなか声がかからない。

(引退のことか。先生は今期で引退されるのかもしれない)

来期、水島はA級から降級することが決定した。B級一組になる。水島は、名人に就位することこそできなかったものの、すでに他の棋戦の永世称号を手にしていた。そうした棋士の場合、Bに落ちた時点で引退を決め、棋界の重要な役職に就くのが通例だ。

誰が見ても充実した棋士人生であった。優秀な弟子も育てた。水島が引退のこの時期に、一樹が入れ替わるようにトップに躍り出るだろう。また原田六段の勢いも素晴らしい。

――引退すれば、今まで苦労をかけた妻と、少しはゆっくり暮らせるだろう。もう棋士という過酷な生活をしなくてもよいのだ。将棋を子供たちに普及する手伝いもして、自分をここまでにしてくれた将棋というものに、恩返しをしよう。

そう思っていたのは、つい数ヶ月前のことだ。だが、今は事情が違う。水島は迷っていた。迷った末、原田に、一樹の今期の公式戦の棋譜の全てをプリントして来るように言った。水島は、この一週間、一心不乱にその棋譜を検討していった。そして恐ろしいことに気づく。

勝負には魔界という世界がある。絶対に足を踏み入れてはいけない領域だ。そこでは、指した手が「魔手」となって、対局相手の喉元を掻っ切る。しかしその毒が回るのは、逆に、指し手のほうなのだ。その毒に酔って、いずれ魔界を脱出することができなくなる。勝利と引き換えに、その者は、いつのまにか内から腐っていく。魔界は、負ける恐怖に怯える者が、自ら呼び起こす世界だ。

ようやく原田が部屋に呼ばれた。引退宣言か、と畏《かしこ》まって頭を垂れる。水島は静かに、だが威厳のある声で言った。

「私は、一年でA級に復帰する」

「先生……」

目を上げると、座敷机の上に、この前届けておいた一樹の棋譜の束が載っていた。それはぼろぼろになり、水島の検討がどれほど深く長かったのかを物語っていた。

原田はそれを見て、全てを悟った。

「澤は昇級を決めました。そうなると、来期、先生と当たります」

昇級によって一樹は段位を上げ、水島と同じクラスになる。

「澤七段は潰さなければならない。箱の中に、たった一つでも腐った蜜柑《みかん》があると、全体を腐らせてしまう」

机の上には将棋新聞も載っていた。一面トップに「澤昇級最終盤の魔術師」と、大きな活字が躍っていた。

(変わったな。一樹の将棋は変わった)

水島は、唇を血がにじむほどかんだ。

いつから変わったのか。

(竜王戦決勝トーナメント、対原田戦からだ)

棋譜を見れば一目瞭然だった。なぜ変わったのか、その理由は分からなかったものの、はっきりしていることはただ一つだ。水島は、今度は自分自身に言い聞かせるように、決意を口にした。

「今のうちに、澤七段は潰さなければならない」

順位戦が新たにスタートを切った。今期B級一組は、降級した水島、昇級してきた一樹、その他強豪揃いで大変な混戦が予想された。早速、水島－澤戦が関西で行われることになった。

水島は和服で登場した。それが、この対局にかける意気込みの凄まじさを物語っていた。かつてタイトル戦で永世称号を獲得したときに着用した羽織袴だ。水島家の家紋も入っている。顔の相もすでに変わっていた。水島にとって、Bクラスで勝負を続けるのはつらいことだ。しかし、なんとしても澤を破らなければならないという決意は固かった。それも、ただ勝てばよいのではない。完膚なきまでに叩き潰し、その棋譜を、その後、澤と対局する者たちに示すことが必要だった。澤に勝てる方法を、後進の全てに知らせるのだ。

だが、今の澤に勝てるか。今の水島の実力では、十番やって三番届くかどうかだろう。しかし、それでもやる、と決意した。彼は、この一局に棋士生命どころか、自分の生命活動の全てを注ぎ込み、注ぎ尽くすことにした。全身から強い生命の力が放射していた。

それに対して一樹のほうは、なんとなく疲れているように見えた。他の棋戦でも勝ち続けていた一樹は対局過多が続いていたのだ。身体は以前より痩せていた。

この対局、澤七段は、有利と言われる先手番だった。先手後手の差は、勝敗の行方《ゆくえ》を作用しかねないほど大きなものだ。水島は、幾夜もの眠れない夜を過ごしながら、この一局のために一戦必勝の対策を練り上げていた。

一樹が初手を指した。水島は、瞑目《めいもく》した。瞼《まぶた》の裏には少年の一樹がいた。彼の目はきらきらとしていた。少年はすでに天より与えられた光るものを持っていた。その手は創造的で、その手から広がる構想は、ある種の美しささえ感じさせた。

だが今の一樹は水島に目を上げようともしない。もはや、あの頃の一樹はいなかった。今、水島の前に座っているのは、あの一樹とは似ても似つかない澤一樹だ。なんとなく気だるそうに、全身を持て余している、そんな見知らない棋士だった。

水島は、古典の戦法、3手角を敢えて採用した。以前流行していた古い戦法が、若い一樹に通用するわけがないと思いつつも、ぶつけることにしたのだった。

やはり一樹の対応は素早かった。玉の囲いもそこそこに仕掛けてきた。早く仕掛けなければ、水島のほうが良い形になってしまう。一樹は焦った。焦った分だけ、それは盤面に反映する。一樹の玉は浮いたままだ。不安定な陣営のまま踏み込むことになった。

水島はそれを待っていた。一樹は、水島の狙い澄まされた鋭い反撃をまともに受けることになった。水島は角を成り込んで飛車を奪うと、その飛車を澤陣に打ち下ろし、縦横に攻め始めた。かたや一樹は、大駒を手にしたものの、有効に活用できないように、攻めを封じられてしまっていた。

水島は、古典の戦法を見事に現代将棋に生き返らせたばかりか、すでに序盤の独創的な駒組みを考え出していたのだった。それは、まだ誰も試みたことがない新しい3手角戦法だった。

もはや先手後手の差はなく、いったん盤面は混沌とした。が、その混沌を抜けたとき、水島は絶対優位に立っていた。

しかしそれでも水島は不安だった。このまま最終盤まで持ち込むには、一樹は難敵すぎた。竜王戦決勝トーナメント澤－原田戦の最終盤での大逆転が頭をよぎった。

（あれは魔手だ。寒気がする。あれはまっとうな手ではない）

あれは、原田の心理の裏を巧みに読んで、かく乱させる手だった、と水島は分析した。原田は、一直線に攻めに行って絶対優位に立っていた。詰めに行く有力な手が幾つもあるほど優位に立っていた。だが、一樹はその一切を無視し、別の角度から急に攻撃の手を放ってきた。その手に対して冷静に対処すれば、どうということはなかった。

しかし原田は迷った。その手に深い意味があるのではないかと疑った。小さな迷いは大きなぐらつきに変わった。持ち時間はすでにない。熟慮できる時間はもうないのだ。すでに秒読みに入っている。この罠のような一手のために、原田は、よりによって最悪の一手を選択してしまった。今まで努力して積み上げてきた積み木の精巧な大きな山は、その一瞬、がらがらと崩れ去った。

こんな負け方をした原田の心の痛手は深かった。次の対局にも、当然それは尾を引いた。また何かやられるのではないかと思うと、そちらに神経を使って、本来の力が出せないのだ。原田は呪縛にかかり、その後、一樹に勝てなくなった。

悪夢を見せられたのは原田六段だけではなかった。他の棋士との対局でも、一樹はこの種の手を使うようになった。相手に合わせて心理的弱点を突く手を、持ち時間のなくなった終盤に放ってくるのだ。それは最早、将棋における知的な攻略ではなく、心理的な攻略であると言えた。どんなに形勢が不利でも、相手が大悪手を指してくれるので、一樹は逆転した。新聞は、一樹を「終盤の魔術師」と呼んだ。

この方法は、相手の心理的特徴を知っていればいるほど効力を発揮する。一樹は原田の人間性をその根底から知っている。そのため、原田は簡単に一樹の餌食《えじき》になった。

次の大きな獲物は誰かということを、水島はすばやく悟った。一緒に風呂に入り、同じ物を食べ、同じ布団《ふとん》で眠らせてきたのだ。熱を出せば医者に走り、うわ言が続いたときは抱きかかえて眠らせた。一樹は水島晃之という人の何もかもを、身体で呼吸して育ってきた。整髪料の匂いの混じった体臭も、抱き上げるときの筋肉の動きも、そして何より少年のようにはにかむ癖も、水島の何もかもを、生理的な次元で熟知していた。これを活用されたら、水島の将棋は、将棋本来の道とは別のところでひっくり返される。水島は憤った。

(俺は、長い間掛けて、己の心血の全てを注ぎ込んで、こんな魔物を育て上げてきたのか)

夕食休憩となり、対局場から人が消えた。

「すごいことになってきた。いかがでしょう」

記者に意見を求められた原田六段は、言葉を選びながら答えた。

「今の段階では何とも言えませんが……ただ言えることは、この一局に勝ったほうが、この先も勝ち続け、負けたほうは……負け続ける……」

夕食休憩が終わると、休みはなく、勝負は終局まで続く。夜が更け、いよいよ終盤に入った。詰むや詰まざるやの緊迫した局面が続く。

水島将棋の特徴は「奇跡の寄せ」にある。水島は、詰めるための最高の手順を用意する。誰も考えられないほど冴えた手の連続で、相手玉を詰めるのだ。盤面に知の回路が繋がったとき、それは「奇跡の寄せ」と呼ばれる。その冴えは余りにも鋭く、相手は切られていることさえ分からない。まるで日本刀の正宗だ。今、弟子との順位戦で、かつて棋界を唸らせ、時の名人でさえ恐懼《きょうく》させた「鬼水島」が復活しようとしている。

かたや、最近では「終盤の魔術師」と異名を取り、あらゆる棋戦に勝ちまくっている一樹だった。水島に言わせれば、魔手である。それは、一樹特有の大局観に由来する終盤の一手を意味していた。

しかし一樹の魔手は不発に終わった。水島が冷静に対処したためだ。水島は、一樹と戦うと決めた時点で、ある決意を固めていた。自分の何もかもを読まれている一樹に対抗するには、この方法しかなかった。

それは徹底した自己変革だった。己の脳髄液や脊髄液、全てを入れ替えるほどに徹底した自己変革だったのだ。一樹の魔手を封じるには、将棋の駒が動く盤面という空間の底の底にある人間の深層で、一樹と切り結んでいかなければならない。

「残り三分です……五十秒」

（一刀両断にするか。いや、すんなり投了はさせられない。それでは本局の意味がない。壊滅させてやる）

みごとなまでに、澤陣は壊滅した。

「ありません」

一樹は投了した。投了の意思表示として駒台に置いた右手を、水島の左手がすばやく取った。一樹の右手と水島の左手、どちらも火傷の痕があるほうの手だった。水島は懐から封書を取り出すと、それを一樹の右手に握らせ、言い渡した。否応は言わせない厳しさがあった。

「澤一樹七段。君を水島晃之門下から破門する。理由は分かっているはずだ。君は私の顔を、まともに見られないだろう」

一樹が右手を開いてみると、その封書の表書きには「破門状」と認《したた》められてあった。

思わず、一樹が顔を上げて水島を見た。この対局で初めて目と目が合った瞬間だった。それまで一樹は、一度も顔を上げなかった。そう、彼は水島先生の顔をまともに見られなかったのだ。水島は両眼に、怒りも悲しみも寂しさも、そういった感情的なもの一切を浮かべていなかった。ただ一直線に一樹の両眼の奥を見据えていた。

「これまで……長い間……ありがとう……ございました」

目を伏せて、かすれた声で、それだけ言うのがやっとだった。なぜこのとき、申し開きをしなかったのか？　なぜこのとき、許しを請わなかったのか？　一樹は、何か言わなければと思いつつも、結局、言葉にすることができなかった。なぜなら、彼はこれまで先生に逆らったことがなかったからである。

感想戦では誰も何も言わなかった。押し黙ったまま、両対局者は局面を進めていった。駒音だけが対局室に響く。一樹の手はずっと震えていた。どちらからも勝着、敗着に関する意見は聞かれなかった。記者がこらえきれず声をかけた。

「勝着というか、敗着といいますか、どうお考えですか？」

水島九段が即答した。

「澤七段の存在、それ自体が敗着だ」

彼は長い間手塩に掛けて育ててきた弟子を、一刀で切り捨てた。

「破門した以上、目障《めざわ》りだ。神戸から出て行きなさい」

水島はすっくと立ち上がると、和服の襟元を整え、後ろも見ずに対局室を後にした。

同席の記者は「震えが来た」と、その場の恐ろしさを観戦記に書き記した。

順位戦は、原田六段の予想通りに進んでいった。水島九段は勝ち続け、一年でA級復帰を決め、澤七段は負け続けて降級が決まった。いったん破門されてみると、水島の看板がいかに大きかったかが痛いほど分かった。もう相手の心理的弱点を突く一手は有効ではなくなっていた。それどころか、相手のほうが一樹を舐《な》めてかかってきた。

(天才と言ったって、どうせ破門された奴じゃないか)

相手はどこまでもかさにかかってきて、一樹が力を出せないうちに勝負の決着はついていた。特に今まで魔手に引っ掛かって惨敗していた棋士たちの復讐《ふくしゅう》は凄まじかった。痛い黒星が続く。

厳しい冬を迎えた。一樹は以前住んでいた家の辺りに来た。そこはすでに公園になっていた。公園には茫漠と広がるアスファルトの広場があった。

弔いの人影が増えてきた。黒い人影は墓標のように重く静かで、ときおり寒さのため、小刻みに震えていた。

（くそっ、神戸はどこも墓場だ。なんで死んだんや）


今年も一月十七日の夜が明ける。


「父さん」

水島は、倒壊した家屋から一樹の母親を助け出した後、今度は必死で一樹の父を助けようとしていた。なんとしても倒れた柱をどけなければならない。だが、火の回りは早かった。

「先生、もう行ってください。一樹をお願いします」

柱の間から、父親は幼い一樹を差し出した。火柱が立って、それは、その場にいた者をまともに襲った。水島はしっかりと一樹を抱きかかえた。火は抱き上げた水島の左半身と、抱き上げられた一樹の右半身を襲った。

「見るな。見てはいかん」

水島は、後ろを振り向かせないように、一樹の頭を自身の胸に押しつけた。しかし水島自身は、しっかりと一樹の父の死の光景を目に焼きつけていた。それは途方もなくつらいことだった。だが、人間としてやらなければならないことだった。生き残る者は、逝く者を見届けなければならない。しかし子供にそれを見せるわけにはいかなかった。あまりにも残酷だったからだ。水島は、そのまま夢中で近所の樫田医院へ飛び込んだ。

「子供だけでも、せめて子供だけでも助けなければ……」

水島は、痛さで暴れる一樹を、パジャマの袖を引きちぎって押さえつけ、医師にすばやく火傷の手当てをしてもらった。水島は自身の火傷の手当てもせずに、そのまま避難所へ走り込んだ。

「子供が怪我《けが》をしている。子供なんだ。空けてやってください」

一月十七日午前五時四十六分は、何度でもめぐってくる。

一樹は、家の建っていたところにやって来た。あのとき、家は猛火に包まれていたが、今は何もなかった。ただ、周りのともし灯だけが、増えていった。

初めてだ。泣いたのは。一樹はこのとき初めて泣いた。今まで泣いたことはなかった。水島先生と朝子が心配するから、涙をこらえてきたのだ。目の周りに力を入れて、泣かないように生きてきた。こんなにも涙が止まらないのは、初めてだった。

近くにいた男性が、白い息を吐きながら、言った。

「兄ちゃん、あのときは泣けへんだんやろ。みんなもそうや。泣けるときに泣き。今泣いたかて、ええやん」

一樹は、臓腑が吐き出されてしまうのではないかと思われるほど号泣《ごうきゅう》した。それをとがめる人は、そこには一人もいなかった。

（もうここにはいられない。ここにいてはいけない）

夜が白々と明けた頃、澤一樹の姿は、すでに神戸にはなかった。

五　東京順位戦

ビルとビルの間から、強い西陽が差し込んで、じりじりと炙《あぶ》られる毎日だ。エアコンはつけてあったが、日差しが強く、じっとりと汗が滲む。起き上がって外へ出るのも億劫《おっくう》だ。昼間はできるだけ何もせずに時間を潰し、夕方にコンビニに行くようになった。さすがに対局日には将棋会館に出かけたが、研究会に参加することもなく、他人との付き合いもやめた。

それが、今期から関東所属となった棋士澤一樹の日常だ。関西から関東へ、自分で希望を出して所属を変更した。もう関西には戻れない。

今のところ、棋界の七大タイトルは関東の棋士が独占している。それだけに東京は刺激のある戦場だ。しかし、一樹は東京に来て、逆に将棋から遠のいていった。研究会に入れてもらうか、ネットで情報を交換するか、あるいは自分で棋譜を並べて没頭するか、いずれにせよ、研究を重ねなければ新しい戦法に付いていけなくなる。刺激的環境に身を置いて鎬《しのぎ》を削らなければ、落ちていくのは早い。

一樹は何もしなかった。もうどうでもいいとさえ思うようになっていた。かつては将棋がなければ生きていけないという思いが心の芯にあった。だが今は、その将棋への思いが消えていた。さすがに公式戦では、棋士として将棋を指していたが、それも惰性だった。対局が仕事だからそうしていただけだ。このままでは、いずれ、その仕事の世界からも脱落する。負け続ければ、それだけ廃業が近い。

対局が終わると将棋盤さえも分からなくなっていった。見えないのだ。だから眼鏡《めがね》を掛けるようになった。しかし、目が悪くなったのではなかった。将棋盤の意味が分からなくなってきたのだ。将棋会館を一歩外に出ると、途端に将棋に関わる一切が見知らないものになっていた。

無精ひげが伸びてきて、そのままにしていると、人相まで変わってきた。もはや、以前の一樹をよく知る人でさえ、今の一樹を見分けることができないほどになった。

年に何回かは関西で対局がある。大抵は新幹線で移動する。京都を目前にして瀬田川を渡るとき、視界が急に開け、琵琶湖が広がって見えた。何回目かの移動のとき、隣に座った人がつぶやいた。

「今日は比良山が見える」

比良山が見える。いつもは見えない比良山が、湖の彼方に見える。よほど離れているのか、山はシルエットでその姿を現していた。

比良。今の今まで忘れていた山の名だった。だが、懐かしい記憶の底にある山の名でもある。耳の底に響きがあった。

「私は、山の生まれで、比良……はっこうの」

由佳は、「比良の生まれだ」と言っていた。

たまらなくなって、帰りに湖西に回った。比良山が近づいてきた。しかし湖西線をどこまで乗ればいいか分からなかった。比良という駅で降りたが、山は遥かに遠かった。遠いだけではなかった。比良山は一つの山ではなく、分け入っても分け入っても、越えても越えても、ずっと比良の山並みが続くのだという。それは、さらに奥比良へと連なっていくのだった。

（どこまで行けばいいのだろう）

このまま行けばやがて力尽きて行き倒れる。疲れ果て、村の食堂に入った。

「比良の『はっこう』というところへ行きたいのですが」

「比良のはっこう？　そんなところはないよ。地名ではなくて、それは『比良八荒』だ」

「場所の名前ではないのですか?」

「山から吹く『おろし』だね。例えば六甲颪《おろし》とか、比叡颪とか、言うでしょ。ここの颪は湖に吹き降ろすんで、始末が悪い。必ず春先に吹き降りて来てね。舟をひっくり返すんだ。そうすると、『人死に』が、出る」

外に出るともう陽が落ちかけていた。湖岸に着いた頃には、夜の帳《とばり》が下りていた。湖が人を呑み込む。昼の姿とは全く異なって、夜の湖は、どこまでも暗く深い闇を、その打ち寄せる波の下に沈ませていた。

(比良八荒が吹けば、湖に『人死に』が出る)

湖は、静かに一樹を死へと誘《いざな》っていた。その誘いは山からも響いてきた。どちらも、この上なく甘く優しかった。

(私は、山の生まれで、比良……はっこうの)

由佳の声が、いつまでも耳の奥に響いている。

帰京すると、また同じ日常の繰り返しだ。次第に身体から将棋が抜けていく。最新の戦法を忘れ、やがて、定跡も忘れた。詰め将棋にも見向きもしなくなった。序盤も中盤も終盤も、何もかも忘れた。子供の頃から染みついていた将棋が見事に抜け落ちていった。それと同時に、勝ち星に対する執念も、新戦法への情熱も、何もかもが、一樹の身体から心から、全ての細胞から抜け落ちていった。

公式戦で、ついに反則負けをした。基本的な規則さえ危うくなりかけていた。相手は軽蔑したように言った。

「勝ちは嬉しいけど、もっと、ちゃんとした将棋、指したかったんだよね。おたくさあ、そんなことしていると、将棋に失礼じゃない？」

何を言われても、もう何も感じなかった。

空っぽになっていく。ビルとビルの間から西陽が差し込んで、じりじりと炙られていくうちに、一樹は空っぽになっていった。それは、棋士としての「死」を意味していた。

「澤一樹七段は潰さなければならない」

それが、水島九段の決意だった。そしてそれは、実に見事な成果を上げた。

「水島九段、一局で澤七段を潰す」

将棋新聞には、その一局の詳細、その後の水島の活躍と澤将棋の壊滅の軌跡が掲載されていた。記事は、「ここまで落ちたか。澤反則負け」で終わっていた。

水島朝子はやっと新聞から目を上げると、このところ掛け始めた老眼鏡をはずして、原田に尋ねた。

「これは、本当のことなの？」

原田は、渋々うなずいた。

「はあ、まあ……だいたいは……まあ」

「そう……そうなのね」

「はあ、まあ……それはそうなんですが……しっかし、弱ったなあ」

原田はしきりに頭をかいた。慰める言葉が見つからなかった。

朝子はそんな原田を無視し、さも水島を軽蔑したように言った。

「うちの人も甘いわね。潰すんなら、手元に置いて、潰しきらなければだめよ。『神戸から出て行け』ですって？　本気ではない、と言っているようなものね」

「そばにいた人は、震えが来たそうです」

「ふん。鬼の子を野に放してどうするの？　息を吹き返して帰って来たときには、原田さん、あなたも水島も、喰いちぎられるわよ。いいえ、あなたたちだけじゃない。関西の棋士がみんな、斬り殺されるわ」

朝子は原田を睨みつけたまま、歌うように言った。

「あの子は知らないだけよ。まだ自分が何者なのかも、何を持って生まれてきたのかも、何もかもまだ知らない……子供だもの。でも、それが分かったとき、勝つのは一樹……うちの子です……私が育てた……」

原田は、朝子に面と向かって言い返せる言葉がなかった。

（それにしても奥さんは強くなった。とてもこんなことを言える人ではなかった……）

原田祐二は水島に憧れて入門した。すでに水島は鬼水島と言われ、その気迫に鬼気迫るものがあった。傍にいるだけで、水島の内から湧き起こる強い力を肌に感じ、自分までも強くなったように感じた。高校生だった原田は、自分の理想像を水島晃之に重ね合わせて、将棋に精進していった。

しかし、水島の家に出入りしているうちに、朝子が壊れていくのを目にした。その頃、水島には家庭を省みる余裕などなかった。確実に朝子は弱っていった。薬はだんだん強くなっていく。ついに、印鑑の要る薬になった。薬局まで使いを頼まれたことがあった。帰ると、固く口止めされた。朝子は、水島の留守のときは、たいてい横になっていた。今にして思えば、お嬢さんがそのまま奥さんになったような人に、水島の妻がつとまるはずはなかった。水島は、厳しい勝負の毎日を送っていた。

夫婦が崩壊寸前まで行った、まさにそのとき、阪神淡路大震災が起こった。震災は人の人生観を変えた。

澤一樹が父親に続いて母親も失ったとき、医療設備のある福祉施設が引き取る話が出た。水島は、「自分が引き取る」と言いだした。一樹の両親は、震災の数日前に弟子入りの挨拶《あいさつ》をしていたのだ。

「あの子は、私の弟子です。私が引き受けます」

相談を受けた樫田医師は、水島の決意を黙って聞いていたが、事態の深刻さを包み隠さず話すことにした。

「普通の家庭では難しい。この子は、身体は八歳だが、心は退行している。おそらく耐えられない事実が次々に襲いかかってきたために、心に防御機能が働いて、全てを忘れることにしたのだろう。赤ん坊を一から育てることになりますよ。それも心に傷を負った赤ん坊を」

そんな説明をされても、水島の決意が変わることはなかった。

一樹を引き取ったあと、水島家では子供が家の中心になった。子供を育て上げることがこの家の目的になったのだ。夫婦は真剣で、一生懸命だった。とにかく一日一日を無事に送らせることが実に大変だった。食べさせて、歯磨きをさせて、一緒に遊んで、風呂に入れて、眠らせて、夜中に目を覚ましたときには抱きしめた。それでも吐いて下した。よく熱を出した。ほとんど朝子がつきっきりで面倒をみた。朝子がいなければ、一樹は何一つできなかった。水島も朝子の言うことをよく聞き、その指図に従うようになった。朝子は辛抱強く一樹に接した。粗相《そそう》をしても、けっして叱ることはなかった。

「おしっこが出て、よかった、よかった。出なかったらたいへんだもの。ほんとによかったね。……でも、こんどは、おかあさんに言ってね。おかあさんも、いっしょに、おトイレに行きたいから」

いつも優しく受け入れて、時に励ました。彼女は、一樹のお母さんになることによって、やっと水島の妻になった。

夏の昼下がり、風のよく通る座敷で、先生と一樹と奥さんが川の字になって午睡しているのを見たとき、原田には、この「どうしようもなく手のかかるガキ」が天使に見えた。そして、先生は奥さんの病気のことも知っていたのではないかと思った。

新聞を前に原田と朝子が話をした数日後、原田六段と澤七段の対局が、東京将棋会館で行われた。

（いいのか？　これで、本当にいいのか？）

原田は一樹の顔を思わず見た。指し違いではないかと思ったのだ。だが一樹のほうには、別にどうという反応はなかった。

（間違ったのか？　この手はずいぶん研究されてきて、プロの間では、絶対に指してはいけないとされている。それとも特別な展開を用意しているのか）

序盤の数手で、すでに原田六段の勝勢は決定的になった。さすがにそれまで無表情だった一樹も、「ああ」と言ってため息をついた。

（やはり、うっかりしていたのか。これで、特に何かいい手を出してくるようなこともなさそうだ）

このまま行けば、原田の勝利は間違いなかった。

（こんなにあっさり勝っていいのか、本当に）

一樹の将棋は大きく変わっていた。序盤から、将棋の組み立てが、今までのものとは違う。というより、組み立てそのものが、ない。まったく定跡や研究の結果そのものを無視している。素直に無邪気に不利な手を選択し、正直にため息をつき、そして考える。考えてはいるが、勝ちへのこだわりもない。だから、次の手が読めない。

（指導将棋じゃないぞ。俺を馬鹿にしているのか）

しかし、そうでもないようだった。原田は一樹の将棋に、実に不思議な印象を持った。そして彼は、なぜ負けたのかが分からないまま、いつのまにか負けてしまっていた。

感想戦で聞いてみた。

「この手ですが、考えがあってのことですか」

「いいえ、別に。指してから、ずいぶん大変なことをしたなあ、と」

「指してからって？　指すとき、何も考えなかったの？　この手は研究し尽くされていて、絶対不利だ、と結論が出てるでしょ」

「え？　そんなこと、知らない。道理で大変でしたね。そうかあ、この手はだめだって、みんな知ってたのかあ」

「知らないことないだろ。ほら、やったじゃないか。研究会では、ずいぶん俺と」

「えっ、おれと？　……」

　首を傾げながら、一樹はバッグから一冊の本を取り出し、この本には出てない、と言った。

「当たり前だろ。それは水島先生が初心者のために書き下ろされたルールブック『将棋入門』じゃないか。いただいたんだろ。ほら、ここ『恵存　澤一樹様』……先生の字だ。日付けもある。でも、いじらしいなあ。先生に破門されても先生の本を持ち歩いて。俺なんか、本棚に置きっぱなし」

「これ、必ず対局の前に熟読するんだ」

「先生に会ったら、言っといてやるよ。泣かせる話だ」

「でないと、反則取られるんだよ。ルールはしっかり覚えとかないと、ゲームにならないでしょ」

「はあ？　ルール」

「ルールよく知らなくて、それで二歩指したことあって、相手の人を怒らせたんです。『もっとちゃんと指せ』って言われて」

「なに？」

「それで引越しのときの荷物、ごそごそ探してたら、これが出てきて。本当に助かったよ」

「なんだってえ」

「でもこの本はね。ルールだけじゃなくて、本当に、将棋ってやってみようかなって、思わせるところが凄いんだ。きっと偉い先生が書いたんだよね」

「おまえ、水島先生を忘れたのか」

「はあ？　みずしま……」

「あのな……じゃあ俺は、俺は誰なんだよ。今日対局した」

「はらだゆうじ六段」

「そうだよ。分かってるじゃないか」

「だって『今日の対局』というところに名札掛かってたでしょ」

「おまえなあ……俺も忘れたっていうのかよ」

原田は立ち上がって、一樹の胸ぐらをつかんだ。

「先生を忘れて、俺を忘れて、そのうえ、将棋まで忘れたっていうのかよ。情けなくないのか。そんな、情けなくないのかよ。あんなに一生懸命だったじゃないか。奨励会はどうなんだよ。あんなにがんばったじゃないか。血、吐くほどやったじゃないか。どうなんだよ」

頬を張り倒そうとして上げた手を、傍にいた人に押さえられた。

「やめなさい。ここは神聖な対局室ですよ。しかも感想戦の最中に」

「すみません。つい」

「誰かと思えば、関西の原田さんじゃないですか。いくら負けたからって、かつてのおとうと弟子に手を挙げるなんて。水島先生がこのことを聞かれたら……」

「申し訳ありませんでした。以後、気をつけます」

原田は平謝りに謝って、もう一度将棋盤の前に座った。

「くそっ、おまえのせいだぞ」

一樹を睨みつけると、一樹はとてもいい笑顔を返してきた。かつて水島の膝の上で目をくりくりさせながら、「お兄ちゃん、将棋しようよ」とねだっていた頃の一樹のようだった。

それを見て、原田はやっと理解した。今の澤一樹は将棋を知らない、ということを。脳細胞から将棋の全てが抜け落ちている、ということを。しかし彼は、簡単なルールブックだけを頼りにB級二組の公式戦を戦い、序盤の絶対不利な局面を覆し、ついに勝ち星を挙げるに至ったのだ。しかも、現役の六段から。

そうなのだ。原田祐二六段は、将棋を覚え始めた子供に負けたのだ。

「この人、東京に来てやっと上げた白星があなたからですよ。でもよくあれをひっくり返せたなあ。だからまあ、あなたが熱くなるのも無理ないことですが……」

そばにいた関東の棋士は、驚きを隠せなかった。


水島の著書『将棋入門』は、発刊されると、思わぬところで反響があった。

「王さまは君自身だ。大切にしなさい。王さまは、君自身なのだから。

王さまを大切にしなさい」

命令文だったが、優しく語りかけられていた。

「大切にしなさい」

今の若者が心から欲している、人生の先輩からのメッセージだった。それは生きる道を指し示していた。彼らには、そういったメッセージを、命令形で与える人が必要だった。

ある中学生から礼状が届いた。そこには、苛められて自分をなくしてしまおうとしたが、偶然目にしたこの一文のおかげで「屋上への階段の一歩を踏み出さずにすんだ」と、書かれてあった。

――水島晃之著『将棋入門』より引用――

「未来を読む」

考える、というのはすばらしいことだ。特に、未来を考える、ということほど、すばらしいことはない。ああすれば、こうなる。そうしたら、こうしていく。いや、こうしたほうがよいかな？

君はどんどん思考の森の中に入っていく。それは全て、未来を読むことによって、入っていく森だ。

しかし、未来を考えているのは、君だけではない。相手がいる。相手も未来を考えている。相手と君の考え方は、ちがう。だって相手は、君ではないのだから。相手はどのように未来を読んでいるのだろう。

「人間の考え方と、コンピューター」

もし初手に、三十通りの可能な指し手があるとすると、単純に計算して、十五手までの指し手の組み合わせは、三十の十五乗である。コンピューターはそれを一つ一つしらみつぶしに検討するが、それはあくまで検討であって、思考ではない。コンピューターは計算しているだけで、考えているのではないのだ。それに対して、人間の脳には、ヴィジョンがある。そのヴィジョンにしたがって、指し手の可能性がしぼりこまれ、決定される。ひらめきによって、思考の矢は、すばらしい未来へと飛び立つことができる。それは、コンピューターの検索機能とは質的に異なる高い次元の働きだ。

——中略——

「あとがき」

私は、かつて小学生の内弟子を取ったことがあり、十年間、彼と暮らしを共にしました。このたび、この入門書を上梓《じょうし》するにあたり、小学生にも理解できる簡明な言葉で解説を加えることを心がけました。その際、少年との将棋の思い出が、いくつも脳裏に浮かびました。私は、少年に語りかけるように、みなさんに語ろうとしました。

私はあらためて、彼を世に送り出されたご両親に深く感謝を捧《ささ》げたいと思っています。お二人は亡くなりましたが、「弟子にしてください」と頭を下げていたお姿は、今でも忘れることができません。

だが、記憶の闇をさまよう澤一樹にとって、内弟子の「少年」が自分であることを理解するまでには、さらに長い時間が必要だった。

孤独のどん底に、音が響いた。それは、古井戸の水面に小石が落ちたような音だった。いつしかそれは、人の声になった。

「見るな。見てはいかん」

聞き覚えのある声だった。だが一樹には、声の主も、その意味も分からなかった。ただ「見るな」という指示が強く残った。それにしても、何を？

一樹の日常はとてもシンプルだったので、彼が物や人を見て、その意味を理解する必要を感じることはなかった。東京という都市を見なかった。東京で会う人や、溢れる物を見なかった。それは東京だけではなかった。他の都市でも同じだった。新大阪に着いたとき、自分でもどこにいるのか分からないほどだった。

「見るな、見てはいかん」

その声は、日を追ってはっきりとしてきた。部屋には取り立てて何もないので、特に見るべきものはなかった。西陽を受けながら、横になった。頭の中にも何もなかった。真っ白になった。そのまま気を失った。気がつくと、頭の中の白い色も抜け落ちていた。いつのまにか夜になっていて、とてつもなく寂しい空間が周りに広がった。

その空間の中に、ある「物」が現れた。暗闇なのに、はっきりと見えた。見たくなかったのに、見えてしまった。あんなに、「見てはいかん」と言われていたのに、見てしまった。けっして見たくなかったのに、闇を透かして見てしまった。

それは澤一樹の人生のゴールだった。人生の終着点が、ある「物」の形を取って、そこにあった。かつてよく知っていた「物」の形を取って、そこで彼を待っていた。それを見たとき、彼はその「物」が自分のゴールであることを直感した。震えが来た。心底怯えた。

(こんな終わりの分かった人生を、この先どうやって生きていけと言うのか)

ゴールが分かった。その途端に、全ての記憶が呼び起こされ、さらにそれらの並び替えが行われ、そのゴールに向かうために再構築された。一筋の道ができた。今までの人生も、今後のそれも、ただそのゴールにまっしぐらに向かうためだけに存在していた。

それが分かった瞬間、明日に期待を抱きながら夢を描くという、若者らしい幸福な生活が、彼の元を永遠に去っていった。

それと同時に、憧憬《どうけい》がなくなった。希望もなくなった。喜びも悲しみも姿を消した。

これまで以上にストイックな生活が始まった。奨励会での生活も極端に厳しいものだったが、あの頃は、上に行くという目標のある生活だった。「四段になる」というプロになるための絶対条件をクリアするための生活である。棋譜を並べ、研究し、対局し、やりすぎて、胃から出血した。それでも構わなかった。十代の少年には先に大きな夢があった。四段では終わらない。彼を駆り立てたのは、タイトルであり名人位だった。

だが今の生活は全く異なっていた。それはゴールに達するためだけに過ごされる生活だった。そこには、タイトルも名人位も、あらゆる称号も、地位も、金も名誉もなかった。彼方にあるのは、ただゴールだけだった。

ただし、淡々と日常を暮らしているだけでは、そこには到達できない。そこまで達するには、血の出るような努力が必要だった。そのゴールは、今の一樹にとってあまりにも高く聳え立っていた。だが、その道を放棄することは、できなかった。なぜならその道は、彼の運命の道だったからだ。

立ち直った澤一樹は、B級二組でみるみる成績を上げて、さらに一組を駆け上がったが、それは通過点に過ぎなかった。A級に到達した。八段になった。十名の棋士だけが在位を許される棋界の頂点だ。

一樹がA級に登場したとき、彼はもはや以前の彼ではなく、将棋もまた以前の彼のものではなかった。蛹《さなぎ》が羽化したように、まるで別の生き物であるかのように変貌を遂げていたので、その間に彼がどれほど過酷な時を過ごしたかが想像された。二十代だったが、風貌にも話しぶりにも、普通の若者らしい晴れやかさは見られなかった。差し回しにもまた、老獪《ろうかい》な凄みさえ感じられた。

A級最終局、ここで一樹は水島と当たる。一樹へ破門を宣告した後、水島はA級に復帰し、今期までずっと最高のクラスに在籍し続けた。水島は、かつての弟子が上がって来るのを待っていた。

将棋新聞は、水島による一樹の破門を、「獅子が我が子を崖《がけ》から突き落とす」という故事に比して書き立てた。獅子は這い上がって来る子だけを育てるという。だがこの若獅子は、這い上がって来て、今まさに、親の獅子の喉笛に飛びかかろうとしている。

今期八回戦を終えて、水島と一樹の勝数は並んでいた。いずれもリーグトップの成績である。したがって、この最終局、勝ったほうが、A級の頂点に立つことになる。つまり名人戦の挑戦者になるのだ。

一樹が勝てば、名人位に初めての挑戦となる。しかも、Aクラスに上がった年に挑戦するという快挙だ。水島が勝てば四度目の挑戦である。彼は過去三度、名人に挑戦したが、及ばなかった。名人位への思いには熾烈なものがある。年齢を考えれば、これが最後の挑戦となるだろう。棋士にとって、名人位は最高の勲章だ。水島ほどの棋士にとって、是が非でも手中にしたい栄誉である。

しかし、そこに立ちはだかるのは、かつての弟子・澤だ。彼はあの破門の一局から、勝負の坂道を転がり落ち続け、見知らぬ土地でプライドをずたずたにされ、それでも泥水をすするようにして生き抜いてきた。だから人はどうしても、この一局に二人の運命を見てしまう。

澤一樹八段は、将棋盤を前にして正座すると、すっと背筋を伸ばした。グレイのスーツが身に合っていた。ライトブルーに墨彩の鮮やかなタイを締めている。もはや、無精ひげを蓄えていた頃の面影はなかった。

「お願いします」

深く一礼した。メタリック・シルバーの眼鏡を細い中指で押さえた。涼しげな立

ち居振る舞いだった。水島九段と目が合った。水島は和服の襟元をととのえ、やや
あって初手を指した。

A級順位戦最終局は、東京で一斉に行われた。五局全てがライヴでネット中継さ
れ、それはテレビ画面でも見られたし、携帯にも配信された。国内だけでなく、海
外でも放映された。

今期昇級して七段となった原田は、解説者として東京に呼ばれていた。上京する
前に水島家を訪ねた。水島はすでに家を出ていたので、原田は朝子に「解説者とし
て上京する」と告げ、テレビ画面にネット配線を施した。

「ほら、簡単でしょ。ここをこうしたら見られます」

朝子は、もうどうでもいいというふうに、ため息をついた。

「もういいわ。いったいどっちを応援すればいいのか」

「それはまあ、フレーフレー、赤勝て、白勝て、ですよ。どっちも応援すれば」

「そんな……綱引きみたいなこと……」

「もっと大らかに構えていたらどうなんです？　こんなことはこれからも起こりま
すよ。同業なんですから」

「もう起こらないわ、けっして。うちの人は、この決定戦に負けたら、今度こそ引退する」

朝子は映っていないテレビの画面を、いつまでも、ただぼんやり眺めていた。

翌日、原田は、解説者としてネット中継の基地局にいた。全ての対局の盤上がモニター画面に映し出されている。対局室の別のカメラは、対局者の様子を映し出していた。ネットでの解説とは別に大盤解説会もあり、その様子も上映されることになっていた。

朝十時にスタートして一時間が経過した。原田は序盤の解説をアップして、解説のサイトに流した。序盤の駒組みに関しては基本的な解説を心がけたが、今後の展開予想では大胆に踏み込んだ意見を書いた。そうするとすぐに、他の解説者から反論が来た。解説者同士のチャットが公開された。

視聴者からもさまざまな感想が寄せられて、掲示板のほうも次第に盛り上がっていった。時間の経過と共に、アクセス数も増えてきた。

やはり注目は水島と一樹の対局に集まっていた。どちらが勝つかはもちろんのこと、どのような戦い方をするかに大きな関心が寄せられていた。

郵便はがき

料金受取人払郵便

新宿局承認

1408

差出有効期間
2021年6月
30日まで
(切手不要)

160-8791

141

東京都新宿区新宿1－10－1

(株)文芸社

愛読者カード係 行

ふりがな お名前		明治　大正 昭和　平成	年生　　歳
ふりがな ご住所	□□□-□□□□	性別 男・女	
お電話 番　号	(書籍ご注文の際に必要です)	ご職業	
E-mail			
ご購読雑誌(複数可)		ご購読新聞 新聞	

最近読んでおもしろかった本や今後、とりあげてほしいテーマをお教えください。

ご自分の研究成果や経験、お考え等を出版してみたいというお気持ちはありますか。

ある　　ない　　内容・テーマ(　　　　　　　　　　)

現在完成した作品をお持ちですか。

ある　　ない　　ジャンル・原稿量(　　　　　　　　　　)

書　名				
お買上書　店	都道府県　　市区郡	書店名		書店
		ご購入日	年　月　日	

本書をどこでお知りになりましたか?
1.書店店頭　2.知人にすすめられて　3.インターネット(サイト名　　)
4.DMハガキ　5.広告、記事を見て(新聞、雑誌名　　)

上の質問に関連して、ご購入の決め手となったのは?
1.タイトル　2.著者　3.内容　4.カバーデザイン　5.帯
その他ご自由にお書きください。
(　　)

本書についてのご意見、ご感想をお聞かせください。
①内容について

②カバー、タイトル、帯について

弊社Webサイトからもご意見、ご感想をお寄せいただけます。

ご協力ありがとうございました。
※お寄せいただいたご意見、ご感想は新聞広告等で匿名にて使わせていただくことがあります。
※お客様の個人情報は、小社からの連絡のみに使用します。社外に提供することは一切ありません。

先手の水島は矢倉《やぐら》で、相手にも矢倉を誘ってみせた。矢倉は将棋の王道と言われている。「来るなら堂々と来い」というところか。しかし、相矢倉の後手は勝率が悪い。一樹は何を選択するのか。先手も敢えて銀桂による攻撃形は作らず、後手の出方を睨んでいる。

一樹はしばし瞑目の後、意を決して矢倉を選択した。彼は、すでにいくつかの矢倉の進化形を考案している。本局でも、今まで誰も指したことのない陣形を出現させた。かつて水島は、一樹の序盤の構想に光るものを見出していた。それが今回は一段と練り上げられ、一手一手が水島に対して厳しいものになっている。後手の構想を完成させる直前に一気に潰してしまうか、あるいは先手の守りを完璧なものにしておくか、迷うところだ。いずれにせよ、序盤の駆け引きのミスは命取りになりかねない。最初から緊迫した応手が続いた。早くも一樹は積極的に攻め始めたが、水島はさすがにしたたかだった。

一樹の攻めは、かつては「水島の鎧を着ただけ」と言われていたように評価は低かったが、今では「鬼水島を超える攻めを身につけた」と高い評価を受けている。しかし水島はさすがだ。一樹の攻撃を巧妙にかわしつつ、老練な手腕を振るい、桂を銀と交換し、さらにその銀を金と交換して駒得を計った。この駒を暴れさせるときが、必ず来る。

水島の攻めがどれほどのものか、それをまともに受けるとどうなるか、かつて一樹は身体の芯に焼き印を押されるほどの思いをさせられていた。水島は語っている。

「新人には特に記憶に残るほど、ひどい目に遭わせておかなければならない」

（今度はそうはいかない。そうはさせない）

身体が燃える。そばに置いておいた水を湯飲みに入れて、一気に飲んだ。

彼は多感な少年時代を水島と暮らし、水島将棋を身体で呼吸して覚えた。しかし澤将棋と水島将棋は、水と油だ。将棋だけではない。彼らは性格的にも相容《あいい》れないものを持っていた。一樹にとって、水島の元での暮らしがどれほど苦痛であったことか。だが反面、自分と対極にいる人への憧憬もまた大きなものがあった。彼は水島に心底憧れ、ついに話し方、癖まで同じものになった。もし内弟子になることがなければ、どうだっただろう。彼の将棋は才能を感じさせることがあっても、大きく飛躍しなかったかもしれない。それほど水島は一樹に大きな影響を及ぼしたと言える。

（左より右が……）

一見したところ、水島の守備に弱点はないようだったが、一樹は右辺にわずかな揺れを感じていた。

（右が弱い。今はそうでもないが、あと数手で弱くなる）

一樹は水島の陣を、あちら側から水島の目になって見てみた。

（右だ。右翼に切り込むしかない）


原田は五つのモニター画面に映し出された盤面を忙しく見比べていた。今期最終局に消化試合は一局もなかった。どれも緊迫していたが、やはり挑戦権のかかった一局が、恐ろしいほど不気味だった。対局室を映すモニター画面に目をやった。一樹と水島が対座している。

二人の表情は静かだった。だが水面下では読み合いが続いている。手は進まなかったが、思考の標的は遥か彼方にある。水島もまた、自身の右翼に目をこらした。

（もし右翼から来れば、その間におまえの玉頭は壊滅する）

そこには、一樹が右翼に切り込む寸前の不気味な静けさが漂っていた。

「６五歩」

インターネットの画面に、先手の次の一手が表示された。原田は画面を食い入るように見詰めた。

「6五歩……か」

これは水島の決意の一手だ。

（来るなら来い）

水島は一樹を自陣に引きずりこむつもりだ。とても、なまじっかな覚悟では指せない。受けきる自信がなければ指せない一手だ。しかしこれは、水島にとってこの上なく危ない手でもある。この先、二人は薄氷の上で切り結ぶことになりそうだ。

一樹が攻めきるか、水島が受けきるか。

モニターは、額に汗が光っている一樹を映し出していた。


一樹が攻め始めて三時間が経った。水島が指すと「水島良し」の局面となり、一樹が指すと「澤良し」の局面となった。原田解説者も必死にその変化についていったが、優劣をつけるのは難しく、まったく互角の戦いが続いた。日が傾いてきても形勢は定まらず、指し手が進むほどに難解な局面へと展開していった。そのまま夕食休憩に入る。

休憩終了後、水島が長考に入った。水島は意を決し、突然、受けから攻めに転じた。銀を打ち捨て、飛車が成る。水島の寄せは「奇跡の寄せ」と言われるほどの瞬時の破壊力を持っている。

「ここで一気に決めるのか」

原田には、水島の攻め駒が殺到する様子が、ありありと予想された。

「あ、ああ……」

原田は水島の考える筋が全て読めた。澤陣の落城の赤い炎まで見える。水島の寄せは強烈で、決めは確実だ。

だが、一樹が次の一手を指したとき、間髪をいれず、他の解説者からメールが届いた。

「水島九段が攻めきるより速く、澤八段が寄せきるのではないか。澤八段には、今まで我々が検討していた変化とは別に、寄せの筋が存在しているのではないか。それが『どれか』はまだ分からないが……」

一樹が一手進めたことにより、「難しいのは澤ではなく、水島のほうではないか」という意見が寄せられだした。局面は難解この上なかったが、原田は、一樹の手の変化を徹底的に読み始めた。しかし簡単に結論が出せる問題ではなかった。ここで一樹が長考に入る。

彼は変貌を遂げていた。以前のように、終盤に腰が引けて、あっさり負けることはなくなった。それどころか、終盤の緻密で冷静な詰めの評価は高まるばかりだ。優勢のまま終盤に突入すれば、よほどのことがないかぎり、一樹が勝つ。

だから、一樹が優勢かどうか、つまり「水島の寄せよりも速い寄せが澤にあるかどうか」だけが勝敗の行方を左右することになる。

原田は対局室を映し出すモニター画面に目をやった。一樹だけが座っていた。額に汗が滲んでいる。原田はその様子にふっと不安を覚えた。

（どうしたのだ。おかしい）

澤八段の表情は苦痛にゆがんでいた。姿勢も次第に前傾していき、頭を深く垂れ、ついに手を畳に突いた。

（先生、やめてください。やめて）

一樹は、声に出して叫びたい衝動に駆られた。しかし水島は、もはや一樹の師ではなかったので、「先生」と呼びかけることはできなかった。まして対局中、「やめてください」と言うわけにはいかない。また局面は際どかったが、澤に勝機があるとする解説者もいる。水島の攻めの筋と切り結ぶ澤の寄せの筋があるのならば、大いに希望が持てるところだ。なぜこれほどまでに苦しみを顕わにするのか。

しかしモニター画面の一樹は正座を続けるのさえつらそうだ。盤面を見ようともしない。そこへ中座していた水島が入室して来て、着座した。一樹が顔を上げた。泣いていた。驚いたのは水島のほうだった。

「どうした。気分でも悪いのか」

「いえ、何でもありません」

「では泣くな……対局中だ」

一樹はハンカチで眼鏡の曇《くも》りを拭くと、そのまま目頭に当てた。涙は止まらなかった。水島は思わず一樹から目をそらした。

（みっともないまねを、させるわけにはいかない）

対局室にはマイクこそ配備されてはいなかったが、カメラが設置されていた。したがって、このやり取りが外部に洩れることはないものの、画面が盤面から対局室に据えられた別角度のカメラへと、いつ切り替えられるか分からない。そうなれば、今の一樹のぶざまな有様が全国に放映される。

この様子を中継基地局のモニター画面で見ていた原田は、一樹に尋常ではないものを感じ取った。

「何やってるんだ。あいつ」

（やはり先生の前に出ると、動揺するのか）

一樹は進むに進めず、退《ひ》くに退けないところにいた。確かに彼には勝ちきる筋があった。それを彼は数手前に読んでいた。まだ誰も読みきってはいなかったが、一樹だけは寄せの筋を読みきっていた。それは確かに水島より先に寄せきることができる筋だった。しかし、その筋を進むと、勝ちはするのだが……あの局面に来てしまう。

一樹はここで固まってしまった。どうしても前に進めない。

ここで手を変えるか。しかし手を変えた場合、水島が寄せきるのは時間の問題だ。今さら、手を変えるわけにはいかない。それでも強引に手を変えればどうなる。自陣は壊滅する。玉頭から殺到した水島の攻撃を持ち堪えることはできない。

——負ける。負けたら先生が挑戦者になる。先生の人生は、その全てが名人になることだけに費やされてきた。その熱望は、誰よりも自分が一番よく知っている。だから……。

——いや、それはできない。この寄せを完成させることが、棋士たる者の使命だ。わざと手を変えるようなことは、先生に対する、そして何より、将棋というものに対する冒涜《ぼうとく》だ。

——しかし、このまま行くと……だめだ。それもできない。

突然、耳の中であの声が響いた。

「見るな。見てはいかん」

先生の声だ。あのときの、先生の声だ。先生の大きな手が、目を覆っていた。

「見るな。見てはいかん」

水島は一樹の耳元で叫んだ。走りながら、叫んだ。それは、炎に包まれた父親の死を見せまいとする水島の声だった。

「見るな。見てはいかん」

その声は、もう一度聞こえてきた。それは、一樹が人生のゴールを直感したときに響いてきた声だった。

一樹のゴール、それは一樹のよく知っている物の形を取って闇の中に現れた。よく知っているもの、知りすぎるほど知っているもの――それは将棋だった。将棋の、ある局面だった。見事な寄せが完成したときの局面だった。相手の投了を物語る局面だった。

「見るな。見てはいかん」

それは一樹のゴール、人生の終着点、つまり澤一樹の死を意味していた。このまま行けば、その局面が、水島との対局で、その終局に現れる。

（そうなれば、自分は死ぬ。死んでしまう。いいのか、それで）

父親が死んだ。一樹の目の前で、猛火に包まれて死んだ。その事実は、幼い心に死に対する恐怖心を植えつけた。そしてその後、死に対する恐怖は、昼夜を問わず、一樹を呪縛し続けた。

（もうここにはいられない）

いたたまれず退室しようとした。立ち上がって盤に背を向けると、その背中に水島が冷たく言い放った。

「逃げるのか」

背中が一瞬凍りついた。きっとなって振り向いた一樹の両眼に、憎悪の焔が燃え上がった。

（あなたは、私の憧れ、私の尊敬する棋士、そのうえ命の恩人だ。だが、私はあなたをどれほど憎悪してきたことか）

一樹は、水島を憎悪してきたことを、はっきりと自覚するに至った。これまでその思いに蓋をして生きてきたことを思い知らされた。一樹は水島を尊敬しながら、心の奥底では憎みながら暮らしてきたのだ。なぜなら、水島と一樹、一つ屋根の下で暮らしてきた二人は、お互い絶対に相容れることのない天才同士だったからだ。

一樹は踵《きびす》を返すと、盤の前に座り直した。背筋を立てた。

「いいえ、逃げません」

(負けたくない。水島には絶対に負けたくない)

熱情が喉元を突き上げてきた。水島を睨んだ。

「あなたには、負けません」

(あなたには負けません。死んでも)

水島九段に負けるくらいなら、喜んで死を選ぼう。死というゴールが待っていてもかまうものか。一樹は今度こそ腹をくくった。このとき、水島に対する憎悪の感情が、死に対する恐怖心を上回った。そうさせたのは、水島の一言だ。

「逃げるのか」

水島は知っていた。何かを超えるためには、特に親や師を凌駕《りょうが》するためには、怒りの感情による一押しが何より有効である、ということを。そして水島は、一樹を怒らせるにはどうすればよいか、よく分かっていた。

「逃げるのか」

こう言うと、原田なら、「はあ、まあ」とか言いながら時間を稼ぎ、次の対局で研究の成果をぶつけてくる。だが一樹の場合は即決だ。すぐに新たな手を創り出す。

そんなとき、必ず敵愾心《てきがいしん》の炎が両眼に燃える。

本局は内輪の研究会ではない。挑戦者決定の大勝負だ。だから今回は、両眼だけでは済まなかった。一樹は全身、怒りの炎につつまれた。彼は、寄せの筋、水島の王将へと一本道に進む筋を、もう迷うことなく、確実に進んで行った。

翌日午前二時四十六分、百八十六手で、水島は投了した。投了図は、かつて一樹が自分のゴールであると直感した局面と、寸分違わなかった。その局面に至る棋譜は、両対局者の優れた能力と、将棋に対する高い志を表していた。名勝負として永く称されることになるほどの棋譜であった。

水島晃之九段は袴をととのえ、襟元をすっきりと合わせて駒台に手を置き、深々と頭を下げた。

「ありません」

もはや全力を出しきった水島に、残っているものは何もなかった。人生を将棋に注ぎ尽くしてきた棋士の姿がそこにあった。澤八段に対する礼は、同時に、これまでの生涯に対局してきた全ての人々に対する礼であり、将棋に対する深い感謝の一礼であった。

一樹は座り直して、その礼を全身で受けた。

「ありがとうございました」

この瞬間、澤一樹は水島晃之を超えた。

感想戦で、澤八段の寄せの筋の話が出た。彼が読みきったのは、水島九段の読みのさらに十手も前であった。その読みの速さと深さに、改めて水島は頭を下げ、そして引退を決めた。

京都に霙《みぞれ》が降った夜、鷲尾碧水が死んだ。それを一樹は、尚文堂からの手紙で知った。老人のための療養病棟でひっそりと息を引き取ったという。碧水美術館の建設が進められ、全ての作品に番号が付され、保存されることになった。

『さて、例の贋の画帳の件ですが、表沙汰になる前に完全に処分しました。画碌堂は廃業しました。また、悪徳なサイトは、今後さまざまな分野で出てくることが予想され、当局の監視もいっそう厳しいものになるでしょう。

したがって、あなたの気にしていた女性の絵姿は、花屏風にのみ残ることになります。それは、美術館で公開されるのではなく、故人の遺志に基づいて、京都のさる門跡寺院に寄進されることになりました。非公開の寺院なので、もはや一般の人の目に触れることはないでしょう。』

さらに、『末筆ながら名人戦での健闘を祈っています』と書かれてあった。

一樹は手紙に目を通した。東京でも霙混じりの冷たい雨が降り始めていた。尚文堂は画碌堂の一件の始末をつけたという。画家は死んだ。贋の画帳は処分され、悪徳なサイトで金儲けを目論んでいた画碌堂は廃業に追い込まれた。花屏風は寺に寄進され、人の目に触れることはない。

尚文堂らしい完璧な始末の付け方だ。これで、完全に由佳の姿は消えた。一樹の前から永遠に消えてしまった。

(いや、違う。絵だ。まだ、あの絵がある)

あの絵はどうなったのだ？　老人がベッドの下から出して来た由佳の絵は……。

あれは本物、鷲尾碧水の真筆だ。


有無を言わさない迫力。

老いて行く者が生にしがみつこうとして描く生命の曲線。

水墨での表現のほとんど限界まで挑戦した描法……。

(一度見たら忘れるものか。あれは本物だ。あれは、あれこそが碧水の絶筆だ)

あの絵には、由佳が描かれてあった。

（由佳はどうなったのだ。あの絵に描かれた由佳は、あのとき、何をされたのだ）

「一緒になろう。一生大切にする……絶対に約束する」

あの約束は、真実ではなかったのか？

あの子は誰もが目をそむける火傷の痕を見て、「かわいそうに」と言って泣いてくれた。

あの子は神さまに、「将棋が強くなりますように」と言って、祈ってくれた。

自分は何一つそれに応《こた》えるようなことをしてこなかった。それどころか、ひどいことばかりした。そしてあの絵が残された。あの絵が、一樹に訴えている。泣いて訴えている。

いや、絵姿だけではない。由佳が泣いている。今もどこかで、人知れず泣いている。それが一樹にはよく分かった。なぜなら、由佳が泣くと、一樹の身体の奥底がしんしんと痛むのだ。

「僕のところにおいで。すぐに迎えに来るから」

あれは真剣な約束ではなかったのか。あれは男の勝手な口からの出まかせだったのか。迎えに行けないまま、あれから四年が経つ。居所もまだ分からない。

冷たい雨は翌日も降り続いた。野辺送りに降る雨を、涙雨という。しかし次第に暖かい風の流れが感じられる。春がもうすぐそこまで来ているのだ。

毎年桜が咲く頃に、名人戦七番勝負の火ぶたが切って落とされる。名人戦が始まれば、対局者が私事に時間を費やす時間はなくなる。名人戦が終わったとき、そのときこそ、今度こそ、必死で彼女を探そう。画家は亡くなり、先生は引退した。もう遠慮する人は誰もいない。

(とにかく謝らねばならない。とにかく……とても言い訳のできることではないのだ)


名人戦は七番勝負だ。先に四勝すれば、名人位を奪取できる。第一局、群馬県桐生市、第二局、ニューヨーク市、第三局、静岡市、第四局、滋賀県守山市、そして第五局は兵庫県神戸市で開催されることになった。一樹はかつて師に「神戸から出て行け」と言われ、それ以後神戸には一度も足を踏み入れてはいない。だが勝敗の行方いかんによっては、神戸で名人が決まることも十分ありうる。

今期、名人が防衛するのか、あるいは澤挑戦者が初めて名人位を奪取するのか。いずれにせよ、将棋名人戦に新たな歴史の一頁が書き加えられることになる。

六　ニューヨーク　9・11

将棋名人戦七番勝負の第二局がニューヨーク市で行われる。対局場はコスモ・センタービルの最上階だ。窓外には高層ビルがひしめいている。車は豆粒のようにしか見えない。

対局場となるコスモ・センタービルは、グラウンド・ゼロの近隣に建っている。グラウンド・ゼロとは、同時多発テロによって完全に破壊された世界貿易センタービルの跡地のことだ。この地で四千人以上の人が亡くなった。

対局の前日、対局者は駒と将棋盤を検めるため、対局室に入る。畳が敷かれていた。急ごしらえの和室である。

記者会見が催された。ニューヨークでの初めての将棋名人戦ということで、主にアメリカのプレスに向けられた会見と写真撮影が行われた。壇上には、将棋連合会の理事と真柴《ましば》名人、そして澤挑戦者が並んだ。一通りの説明が終わり、質疑応答の時間になった。

「ショウギのチャンピオン・シップをニューヨークで開催する意義とは、何ですか？」

ニューヨーク・プレスの記者がマイクを握った。

「将棋での国際交流です。将棋は、日本の代表的な文化なので」

羽織袴姿の理事が答えた。彼は将棋の国際化に熱心な人だった。

「ニューヨークでも、特に貿易センタービルの跡地の近くを対局場に選ばれた意図は？　何か特別なことでも？」

「いえ、それは、特に……ありません」

少々戸惑いながら、理事が答えた。

「貿易センタービルは、アメリカの、いや、世界の中心だった。チェスの世界選手権大会が行われたのも、ここです」

質問者は言葉を継いだ。

「一九九五年でしたが……カスパロフはセンタービルで世界チャンピオンのタイトルを防衛しました。しかし、その二年後、コンピューターと対局して、人間が史上初めて敗北しました。人間のチャンピオンが機械に負けたのです」

「特に、チェスを意識してのことではありません」

理事は、質問者の意図をはかりかねていた。

だが、会場のほとんどのアメリカ人記者の興味は、将棋チャンピオンとコンピューターとの対局に向けられていた。コンピューターがゲームに挑戦する。これまで、コンピューターはゲームに挑戦するたびにその性能を高めてきた。オセロを制覇し、チェスに挑戦し、そして、ここニューヨークで世界チャンピオンを破ったのだ。コンピューターの次の標的は将棋だと、誰もが思っている。

将棋のプロ棋士は、まだコンピューターに負けてはいない。将棋のほうが、チェスよりも複雑なゲームだからである。取った駒が使えることで、指し手の可能性は、チェスとは比較にならないほど広がる。チェスのチャンピオンに勝ったコンピューターは、一秒間に二億手を計算によって検討したという。しかし、その程度では、まだ将棋のプロには勝てない。だが性能を上げれば勝利する日が来るだろう。プロ棋士は、いつ、どのようにして負けるのだろうか。その年が、次世代コンピューターの時代を開くメモリアル・イヤーとなるだろう。

現名人にしても澤挑戦者にしても、すでにコンピューターとは何度か公開で対局している。当然まだ敗れてはいない。だが、その日は必ずやってくる。今回将棋のチャンピオン・シップがニューヨークで行われることで、まったく将棋を知らないアメリカ人も関心を寄せるようになった。

質問の時間が残り少なくなった。最後に一人、日本人らしい記者が手を挙げた。しかし顔つきはアジアンだったが、彼は完璧な米語を話した。

「ミスター・サワ。あなたは震災遺児だと聞いている。コウベ・シティの名は、都市型被災地として世界中を駆け巡った。ハイウェイの崩落の写真は、今でも記憶にクリアに残っている。あなたは、グラウンド・ゼロをどう感じますか？」

周囲で「コウベ・シティは地震だったが、ＷＴＣはテロだ。同じにするな」という叱声が聞かれた。それに対して先ほどの質問者は語気を強めて、わざとスラング混じりの米語で言った。

「ダマレ。私はミスター・サワに聞いているのだ」

険悪なムードになることを避けようと、

「将棋のこと以外の質問は、ご遠慮願います」

と、司会者がさえぎった。だが、一樹は司会者を手で制して答えた。

「亡くなられた方々に哀悼の意を捧げたい。また、そのご家族、特に子供たちのことを考えると、胸が痛みます。私にできることは何なのか、今、何をなすべきなのか、改めて考え、それを実行に移したい、と思っています」

ニューヨークでショーギを指す意味とは何か。ひいては現代におけるショーギの意味とは何なのか。ニューヨークという都市そのものが、鋭く問いかけてきているように思えた。


かつて、ここに超高層ビルが建っていたとは想像もつかない。確かに新しいビルが建てられてはいた。しかしその区画以外の場所には、かつてのビルを想起させるものは、何も存在してはいなかった。その空間は、そのまま抜けるような青空へと続いていた。

一樹の記憶が甦ってきた。瓦礫《がれき》が恐ろしいほど堆積《たいせき》しており、なお次々に上から降り注いでくる。粉塵を呼吸していたときの感覚が戻ってきた。口の中も、鼻の中も、ざらざらしてきた。町中、粉塵が舞っていたのだ。道は瓦礫の山だった。その瓦礫を踏んで歩いた。目の前には、一瞬のうちに破壊された生活の残骸……生活の風景は、全て瓦礫の山と化していた。

コウベ・シティとグラウンド・ゼロ……地震とテロ……原因は異なっても、同じ結果が、そこにはあった。

一樹には到底受け入れられない光景だった。立ちすくんだ。まだ息をしている。突然彼は自分の息に驚いた。生きている。だが素直に喜べなかった。じっとWTC跡地を見つめた。自分は、ただ、たまたま、生きている側にいるだけなのだ。

(生きている側の、向こう側がある)

コウベ・シティとグラウンド・ゼロ……。

今度はこちら側から向こう側に、目を凝らした。向こう側は、生きている者には見えない。いや、見えないけれど、向こう側はある。見えないと思い込むことで、見えないだけなのだ。向こう側は、いつまでも見えないままなのだろうか。向こう側があるのは確かなのに……。

(私にできることは何なのか、今、何をなすべきなのか、改めて考え、それを実行に移したい、と思っています)

彼は先ほどの記者会見で語った言葉を、心の中で繰り返した。

(私にできることは何なのか、今、何をなすべきなのか)

そんなこと、改めて考えなくても分かっているではないか。自分が何をなすべきなのか、答えは一つ。

名人になることだ。

「それぞれの持ち場で、それぞれが最高の働きをすること」

それが答えなのだ。それが、震災から得たものなのだ。

――あのときは幼くて何もできなかった。あのときは、水島先生や大人たちが、それぞれの持ち場で最高の働きをした。先生たちは、そうした生き方を、幼い者たちに示してきた。今、自分は水島先生と同じことをやろうとしている。自分のフィールドで最高の働きをすること、つまり「対局に勝つ」ということを。


「やはり来ましたね。待っていてよかった」

先ほど一樹に質問した記者が立っていた。なんだか待ち伏せされていたようで、一樹は不快に思った。その微妙な気持ちの揺れを感じ取ったのか、彼は改めて丁寧に挨拶し、手を差し出した。一樹と同世代の日系アメリカ人だという。今度は流《りゅう》暢《ちょう》な日本語で話した。話せるのなら、なぜ先ほど日本語で質問してこなかった？

不快感は拭えなかった。

「マスコミではありません。何もあなたのコメントを取ろうとか、そんなつもりはない。先ほども、プレスの知人に無理を言って入ったのです。私はコンピューター・ソフトの開発エンジニアです」

彼は名刺を差し出し、後はメールで連絡を取りたいと言った。

「ミスター・サワ。ワレワレはあなたに興味を持っている。きっと有意義な交流になるでしょう」

一樹は「ワレワレは」というフレーズに引っ掛かるものを感じた。

「ワレワレ?」

「チェス、コンピューターのハード、ソフト、情報工学、解析学……それぞれの専門家が連絡を取り合って、新たに知の回路を開拓しようとしているのです。今までの時代は、個人が自分の頭脳だけを使って新たな知を創造してきた。死ねば終わりだ。せいぜい本に残すか。しかし、今後は違う。WEBを使って世界中の専門家と交流すれば、いまだかつて地球上で存在したことのない新たな知の回路が人類のものになる……ここにショウギのプロが入れば、それはさらにユニークなものになるでしょう」

彼は軽く会釈《えしゃく》すると、振り向くことなく、メトロの入り口のほうに軽快な足取りで歩いて行った。一樹は連絡方法として将棋連合会の公式ホームページしか教えなかったが、すぐにメールで一樹宛に礼状が届いた。ハンドルネームは、「ショーギ・ダイスキ」だった。

名人戦第一局（於　群馬県桐生市）

ニューヨークでの対局に先立って、すでに第一局が国内で開催されていた。群馬県桐生市内にある武家屋敷である。伝統の重みのある建物が、将棋名人戦にふさわしい。

澤一樹八段は、この日生まれて初めて和服に袖を通した。和服は、この日のためにと水島朝子から届けられていた。彼女自身が生地を選び、誂《あつら》えたものだ。着丈も袖丈も寸分狂いなく身に合っていた。背中には水島家の紋所ではなく、澤家の家紋「四ツ目垣」が入っていた。一樹に身寄りはなかったが、紋によって、澤家代々の人々と繋がっていることを意識することができた。また、朝子から贈られたことで、水島家の人々との縁に謝することもできた。

屋敷内の別館で休息を取る。桜の花びらがたった一枚、舞ってきた。庭に目をやり、気息を整える。

対局場となる本館の座敷には、名人よりも先に着いておかなければならない。それが挑戦者たる者の礼儀だ。一樹は早々に立ち上がり、本館に向かった。一礼して入室する。床の間には、水墨の掛け軸が設えられていた。もちろん床の間を背にして座るのは名人である。棋界の頂点を極めた名人には、常に最高の敬意が払われる。

現名人は大変若く、弱冠二十歳だ。澤八段がいったんクラスを下げ、昇級に時間を費やしているうちに、真柴孝利《ましばたかとし》は彗星《すいせい》のように現れ、たちまち名人位を本当にあっという間だった。水島が辛抱に辛抱を重ねて、なお届かなかった名人位を、二十歳を前にして手にしたのだ。

今まで一樹が目標にしていた棋士たちは、全て彼より年上だった。一樹はいつも上の世代を見て指してきた。だが、今回は年下と指さなければならない。しかも真柴とは、あまり公式戦で当たることがなかった。さほど記憶に残る棋士ではなかったことも事実だ。だが今、真柴は名人で、上座に座っている。正直やりにくい。その印象は勝負が進むにつれ、次第に強くなっていった。

振り駒の結果、一樹は後手となった。多くの陣形は先手が決定権を持っている。名人がどう指すか。名人の初手を、息を殺して待った。２六歩である。それに対して後手は８四歩と指し、相掛かりとなる。そこから、真柴はひねり飛車に進んだ。かつて先手ひねり飛車は、必勝戦法と言われていた。

（なんなの？　これは）

一樹は思わず名人の顔を見た。よく水島が言っていたことを思い出した。

「若い奴のやることは、分からん」

水島の言う通りだ。だが……。

（これは、若い奴のやることじゃない）

確かに以前、先手ひねり飛車は大変有効な戦法だった。だがその後、後手の対策が次々と講じられて、先手が有利ではなくなり、今ではほとんど見かけられない戦法となった。一樹でさえ指したことがない。それなのに、一樹よりも若い真柴が、これを指すのか？　そもそもこれを知っているのか？

（なぜなんだ。なぜこんなことをする？）

先手ひねり飛車を、一樹は全く無視していたし、その対策も講じてはいなかった。

名人は大きなあくびをすると、退室した。一樹は幼いときから水島に徹底的に礼儀作法を叩き込まれた。名人戦ではなおのこと、礼儀を重んじる。だが真柴は少し違う。

棋士はプロになる前に奨励会で研鑽を積む。そこでは礼儀が重んじられる。真柴も、もちろん奨励会を抜けてきた。だから真柴も一応の礼儀はわきまえている。だが彼には、それ以上に大切にしているものがある。それは、自分のスタイルである。

真柴だけではない。この世代にとって何より大切なのは、この「自分流のスタイルを守る」ということだ。その大原則は、一樹世代には理解しがたいほど強い。たとえ対局中であっても、それは、守られる。

真柴名人はしばらくして帰ってきた。突然、一樹は妙な気分に襲われた。

(無視されている)

まさか、と人は思うだろう。仮にも名人戦の対局相手だ。無視して将棋が成り立つか。しかし無視されているのだ。それは対局が進むにつれ、確信へと変わった。

(名人。あなたはいったい、誰と指しているのですか?)

と、思わず心の中で問うてみる一樹だった。

かつて水島はその著書『将棋入門』で、次のように書いた。

『将棋は一人ではできない。自分と対局相手、この二人がいなければ、将棋は成り立たない。二人の間には、いつしか呼吸のようなものが通い合う。お互い相手を思いやり、尊敬し合えば、自ずとよい勝負になる。実りある勝負となる。つまりお互いが、素晴らしい将棋内容という、よい果実を実らせることができるのだ。』

だが、名人と一樹の間には、コミュニケーションと言えるものがなかった。お互いの呼吸が通い合うことはなく、一樹は、まだ相手との間合いを計りかねていた。

第一日目の夕刻となり、手を封じる時刻が近づいてきた。対局が二日にわたる場合、一日目終了の時刻に手番になったほうが指し手を書面に認め、それを封じる。立会人はそれを預かり、翌朝開封する。そこからまた、勝負が始まるのだ。

あと十分でその時刻だ。名人の手番である。立会人が封じ手の準備をし始めた。名人が手を封じれば、ここで一日目の終了だ。長い一日が終わる。沸点に達した頭脳が、次第にシフトダウンしていくのが分かる。心臓の脈動も次第に穏やかになってきた。

そのときだ。名人が指したのは。

名人が指したのである。関係者は思わず一樹を見た。こうなると、封じ手は一樹がすることになる。一樹はまったく手を封じる心の準備をしていなかった。しかも、一樹には封じ手の経験がない。

封じ手の時刻直前に指したからといって、それはルール違反ではない。勝負の流れで自然にそうなることもある。この場合も名人に嫌がらせの気配は感じられなかった。一樹にしてもプロである以上、このくらいで動揺したりはしない。自分が封じると決まった以上、ここでじっくりと考えればよいことだ。一樹は考えながらも、名人真柴を見ながら、

（ただ、この対局、何か、ちぐはぐな……）

と、胸のつかえが少し大きくなってきたのを感じていた。

名人は見たところ、ずっと平気な様子であったが、一樹のほうは、なぜか本局に噛み合わせの悪さを感じていた。そしてついに、一樹は、

（名人。あなたの将棋は何を目指しているのですか）

と、問うてみたい思いにかられた。名人は、「もちろん勝つことを目指しているのだ」と答えるだろう。それが当たり前のことだ。

しかし一樹の居心地の悪さに変わりはなかった。

（この違和感はどこから来るのか）

その根拠さえ分からないまま、勝負は終わった。

名人戦第一局一三四手にて後手の勝ち　午後十時十分挑戦者勝ち　澤一勝零敗

名人戦第二局（於　ニューヨーク市）

第二局も、一樹が手を封じることになった。先手澤八段は、矢倉を選択し、相手

にも矢倉を誘った。順位戦最終局で、水島が一樹に矢倉を誘って相矢倉となったが、今度は先後が逆で同じことが起こった。最終局では、一樹が矢倉を選択するのを躊躇したものの、結局は踏みきった。後手の矢倉は勝率が悪いからだ。だが本局では、名人はあっさりと矢倉に乗ってきた。決定戦のときと同じ序盤の進行となった。中盤に差し掛かっても、全く同じ進行が続いている。二人は決定戦のときと同じ手を指し続けていた。ただし、水島の指し手を一樹が指し、一樹の指し手を名人が指している。つまり一樹は、かつての自分を相手に戦っているのだった。

局面は、水島が決意の一手を指す直前だ。

「6五歩」

一樹を自陣に引きずり込んで潰す手だ。もちろんそのとき、水島には受けきる自信があった。だがその一瞬、一樹は水島構想を打ち破る自信があった。

一樹はあのときのことを思い出した。あの後の進行とあの局面とは、はっきりと頭の中にある。封じ手を「6五歩」とするか。あるいは、ここで手を変えるか。いずれにせよ、どこかで水島とは異なる構想によって、終盤へと持っていかなければならない。封じ手直前にして、一樹は今後の情勢を左右する重大な決断をしなければならなかった。

一樹はここで手を変え、その手を封じた。長い一日が終わった。

翌朝、勝ちきる自信に燃え、一樹は名人の前に座った。

しかし、その夜、駒台に手を置き頭を下げたのは一樹のほうだった。惨敗である。

正直、やりにくい将棋だった。しかし勝つ自信はあった。

(それがなぜ……なぜなんだ。若さだろうか。若い勢いに負けたのだろうか)

真柴の若さは、かつて一樹のものだった。二十歳の細く真っ白な手が駒を握っていた。美しかった。だが、その美しい手は、一樹の陣形を容赦なく切り刻んだ。

封じ手を読まれていたのか。すでにそれは研究済みだったのか。あたかもその手を待っていたかのように、その後の名人の攻めは強烈だった。

(この手が読まれていた。まさか)

一樹にとって衝撃であった。まるで用意されたように、次々に好手が繰り出された。常に待ち伏せされていたため、一たまりもなかった。この手が想定されていたとしか考えられない。

(ここで手を変えることも、読まれていたのか)

それだけではなかった。

(俺の思考回路も読まれている)

頭を掻きむしった。おかしくなりそうになった。さすがに名人の将棋だ。全ての応手が一樹の先回りをしていて、一樹の弱点を突くものだった。よく研究されていた。第一局の対局者と同一人物だとはとても思えない。一樹の落ち込みは尋常ではなかった。

対局が終わってすぐに、ハンドルネーム「ショーギ・ダイスキ」からメールが届いた。

「やられましたね。だから言ったでしょ。もう個人の時代ではない、と」

「名人は独りで戦っているのではないのか」

思わず返信を押した。将棋は、あくまで個人の戦いだ。

「これからはWEBの時代だ、と言ったはずですがねえ……相手は一人ではないということです。下手をするとこれから三連勝されますよ。彼らにとって、第一局はあなたを試すための、ほんのジャブだったんだ。念のため、忠告しておきます」

WEBとは、「蜘蛛《くも》の巣」のことだ。インターネットによって、地球上に蜘蛛の巣のように情報網が張り巡らされていくことを意味する。そのことによって、情報量がただ増えただけではなかった。WEBは、「知」の在《あ》り方そのものをも変えようとしている。

帰国の機内で太平洋を眼下に見ながら、一樹は思った。地球規模で何かが変わってきている。今はそれを考えなければならないときだ。何かが変わってきているのだ。しかもそのスピードは、驚くほど速い。

名人戦第二局八十六手にて後手の勝ち　午後七時二分挑戦者投了　澤一勝一敗

名人戦第三局（於　静岡県静岡市）

第三局の対局場は、国立大学構内にある情報科学センターである。解説会がセンター内のホールで催され、将棋愛好者ばかりでなく、情報関係を学んでいる学生たちが詰め掛けていた。原田七段が、解説者として紹介された。

「先生は澤挑戦者とはご友人とか」

「ハッハ。友人なんてもんじゃないですよ。あいつがちっこい頃からの付き合いで。なんでも聞いてください。なんでも知っています」

「今日は楽しい解説会になりそうですね。みなさん、期待してください」

対局の前夜「ショーギ・ダイスキ」から、気になるメールが届いた。

「澤対策ソフトを、彼らは開発しましたね」

(「対策ソフト」とは何なのだ? そして「彼ら」とは、いったい誰?)

一樹の不安は増大していった。


「今日は情報科学センターでの対局ということもあって、コンピューターと将棋についても解説いただきたいと思います。ところで原田先生。先生はコンピューターと対局されたことがおありですか」

「ありますよ」

「どこで」

「家で」

「公式戦では」

「ありまっせん」

言いきった。原田は常日頃、コンピューターと女はごめんだと思っている。女流棋士と対局すると、勝って当然だと思われる。負けると笑われる。「笑われる」と思う。周りは全て女流を応援する。いや、たった一人、原田が負けた場合、次に当たるはずの男を除いては……。

プロ棋士は、コンピューターにまだ無敗だ。だから自分が負ければ「史上初めて負けたプロ棋士」のレッテルを貼られる。いや、それよりも彼はコンピューターとの対局は邪道だと思っている。

「今のコンピューターの性能はすごいですよね。将棋の手数でいうと、一秒に三億手ですか。スーパーだと」

「澤は一秒に三億一手です」

「う、うそ」

「嘘です」

「冗談言わないでください」

「冗談ではないです。だいたい人間の脳とマシンを比べるほうが、どうかしている。一手、一手の重みが違うんですよ。人間と機械では」

「それは、そうなのですが……しかし、こんなすごい時代が来た、ということですよね。今日は、情報を学んでいる学生さんもたくさんお越しです。人間の大脳とコンピューターについて、この機会にじっくり学びましょう」

（いいかげんにしてくれよ。そういう企画は……こっちは遊びでやってるんじゃな

いんだ）

原田はだんだんムカついてきた。

だが今、一樹が相手にしているのは、コンピューターに育てられた棋士だ。棋譜は全て公開されている。江戸時代から現代まで、その数は膨大だ。コンピューターのない時代なら、全て手書きで写し取り、それを盤面に並べなければならなかった。だが今は、コンピューターの検索機能を使ってすぐに呼び出すことができ、勝負の再現をさせることができる。特定の局面から、過去の事例の同一の局面を、全て呼び出すことも可能だ。その後の展開に比較検討を加えることも、たやすくできるようになった。

以前なら、澤将棋の全容を知ることは難しかっただろう。しかし今、一樹の棋譜を検索するのは簡単だ。コンピューターの画面にそれを打ち出し、癖も思考方法も、そして棋風さえ知ることができる。コンピューター同士がネットを組めば、その速度はさらに速まる。

真柴は、生まれたとき、すでにリビングにコンピューターがあった世代の人間だ。手や足を使うように、ごく自然にコンピューターを使ってきた。その空気感の中で生きてきた。だから将棋も、コンピューターの可能性を最大限に利用してやっている。彼の研究会で、「澤対策ソフト」が作られていても不思議はない。

(対策ソフトか……)

一樹は、次第にムカついてきた。


解説会では、司会者が原田にコンピューター将棋についての解説を求めていた。

「さて、ソフトの話ですが……コンピューターというものは、それ自体では単なる計算機にすぎません。ソフトをインストールすることによって、人間の思惑どおり働き始めます。将棋のソフトもありますよね」

「……」

「先日、ソフト同士の将棋選手権がありました」

(それがどうした)

「どの手を指すのかを決定するときに、あらかじめ方針を決めておいてやるわけです。ですから、コンピューター同士の対局といっても、やはりソフトを作った人間同士の対局といえるでしょう。ね、原田先生。黙ってないで、なんとか言ってくださいよ」

「それなら、自分で将棋を指したらいいじゃないか。なにも機械にやらせなくっても。将棋は人間同士の勝負だからおもしろいんだよ。機械にやらせて、どうしてコミュニケーションがとれるの。……いいですか。棋士はただ勝敗に血眼《ちまなこ》になっているんじゃないんだ。そりゃあ、このヤロウって思うこともありますよ。でもね、そこはそれ、人間同士なんだ。尊敬も生まれるし、お互いの成長もあるし……教え、教えられ……だ」

「……あの……そんなこと、ここで言われてもですね……」

一樹は真柴をじっと見た。相手は、自分以上に自分の傾向を知っている。真柴は見返してはこなかった。盤面を見ている。

(空気……違うのは、この空気感だ)

一樹はやっと、これまでの他の棋士との対局との違いを思い知った。

相手は真っ直ぐに一樹を見てはいない。見ているのは、記憶の中にある一樹のデータと、そこから割り出された対策ソフトだ。

(この疎外感……上の世代と指したときには、けっして感じることはなかった……)

真柴の眼は、まるでパソコンとつないだモニター画面を見ているかのように盤面を見ていた。人間が盤に向かって死力を尽くしている、そういう気迫を感じることができなかった。

（ふん。澤対策ソフトか。上等じゃないか。やってみろよ。どこまで通じるか。やってみるんだな）

――それなら、こっちだけでも熱くならなければ……。将棋は誰とやるものなのか、教えてやろうじゃないか。

一樹は決意し、必死の形相《ぎょうそう》で立ち向かっていった。これまでは立ち居振る舞いに気をつかっていた。だが今は、そんなことを言ってはいられなかった。頭に血が昇ってきた。どっかと胡坐《あぐら》をかいた。袴が乱れた。かまわなかった。この勝負、絶対に落とすわけにはいかない。一樹は激情に駆られて盤面に集中した。敵陣を睨む両眼の底が燃えて、熱くなった。しかしいつまでたっても相手の気迫がぶつかってこない。気の流れというものが生じてこない。この勝負、へたをすると、こっちだけの空回りに終わってしまう。

ちぐはぐなのは対局だけではなかった。解説会でも、司会者と原田が空回りしていた。

「えー、気を取り直してですね。澤挑戦者の性格なんて、教えていただけませんか」

「そうですな。澤は大変冷静です。まあちょっと見、クール、礼儀正しいというか」

「原田先生、お言葉ですが、なんか熱くなってきましたよ」

「あ、ほんと……どうしたんだろう」

「なんか、乱れてません？」

「確かに、目なんか真っ赤」

「この勝負、どういうふうに進むのでしょう……あっ、銀を取った。澤挑戦者、銀を取りました。これをどこへ打つのでしょう。先生、どうですか。予想してください」

「まあ、次の一手はこれかな。澤のこれまでの構想でいくと、こう……割と手堅いんですよね。間違いないです。長年、澤将棋と付き合ってますから」

　原田は自信を持って一樹の次の一手を予想した。

一樹は怒りに駆られて、その怒りを盤面にぶちまけた。

（ふん、澤対策ソフトか。俺以上に、澤将棋を知っている、とでも言うのか？）

銀を取った。駒台の銀将をつかんだ。

（残念ながら、俺の思考回路は、そんなソフトの中には納まりきらないんだよ）

その銀を打った。誰も考えられないところに、銀将を打ち下ろした。


「お言葉ですが、原田先生。違いましたね」

「あ、ほんと……うーん。過激な一手だ……これは」

「原田先生が指しているみたいに過激ですね」

「いや、これは指せない。過激すぎる」

「以前から、攻撃型の原田に、手堅い澤、とか言われていましたが」

「こんな、相手の喉もとに食らいつくような手、過激すぎて指せません。しかし、澤もまあ、やっと私を手本にしだしたのかなあ」

「いや、そうじゃなくて」

「ムッ」

「なんか特別な意味が、込められているのではないでしょうか」

（俺は嫌だ。俺は絶対に嫌だ）

その嫌悪感が、一樹に火を点けた。

（将棋はデータだけでは計れない。そういうもんだ）

この時点から、盤面では奇妙な勝負が展開していくことになった。当然の応手と思えるものを一樹は採用しない。真柴は長考に入る。構想を始めから考え直さなければならなくなった。もはや、データは捨てなければならない。真柴は次第にソフトを捨て去ることを余儀なくされた。データもソフトも、捨て去らなければならない時が来た。ここで初めて剥き出しの自我が動き始める。

一樹は、真柴に抱いてきた思いを、いっときに吐き出した。

（将棋は誰とやっているのか。教えてやろうじゃないか）

一方、原田は立ち往生だ。

「先生。予想、ぜんぜん当たりませんね」

原田は首を捻った。

「だってまるでピカソの抽象画を描き合っているようなもんだし……」

そして、苦笑しながら付け加えた。

「それも殴り描きを……」

その殴り描きは、二日目の朝から、殴り合いになった。

原田は、だんだん身内が燃え上がるのを感じた。

「でも、おもしろくなってきましたねえ。やはり人間同士、これくらいやらないと」


結局、最後までどちらが優勢なのか誰にも推量することができない勝負になった。名人が駒台に手を置いたとき、澤挑戦者は、これからが本当に名人との勝負なのだ、と思った。


解説会でも、司会者と原田が、この対局のまとめに入っていた。

「凄い対局でしたね。挑戦者はもう真っ赤でしたね。名人は真っ青だったし」

「パンチの応酬だった。水面下では蹴り合いもやってたりして。いやあ、久しぶりに人間くさい勝負を見ましたよ。澤もよくやるよなあ。あいつ、怒ってましたね。でも感情を剥き出しにするのはいけません。将棋は、上品に、上品に」

「そういうこと、原田先生にだけは、言われたくないのではないでしょうか」

「ムッ」

「これで解説会を終わります」


名人戦第三局一〇二手で後手の勝ち　午後十一時二十分挑戦者勝ち　澤二勝一敗

名人戦第四局（於　滋賀県守山市）

障子越しの光がゆらめいている。しかし外に吹く風にゆらめいているのではない。水の動きに、光がゆらめきを見せるのだ。第四局は、琵琶湖の水中に沈む茶室で行われる。

（私は湖の底にいる）

一樹は瞑目し、名人を待った。

（将棋……将棋とは何か……私の将棋とは……）

一樹は、常にその問いを問い続けている。

名人の衣擦れの音が近づいてきた。障子が開かれる。

「定刻になりました。澤挑戦者の先手で、始めてください」

先手、澤……7六歩……。


昨夜ショーギ・ダイスキへ返信した。彼は、WEBを使った知の世界への参加を、再度強く勧めてきていた。一樹はこう答えた。

「明日の将棋を見てください。それが私の答えです」

一樹は一切の記憶をいったん消滅させた。今どこで指しているのか、今何時なのか、場所の記憶、日常の時間感覚といった一切のものを消した。時間は、「持ち時間なし」という零《ゼロ》地点に向かってのみ収斂《しゅうれん》していく。

（今日、私は新しいシステムを展開する……まだ誰も指したことのない……）

まだ現われたことのない展開が、この世界への登場を待っていた。既成の概念を覆すのだ……。一樹は完全に無になった。その瞬間、飛車が中央のラインに動いた。澤流中飛車が姿を現す瞬間だった。

一つ一つの駒は点だ。点である限り、その世界は一次元の世界だ。駒が動く。ラインができる。世界は二次元になる。盤面という二次元の世界だ。玉将が、飛車が、角行が、金将が、そして銀将が、独自の動きを見せる。それを棋士の目が見下ろせば、人間と盤面に三次元の空間が出現する。目は脳に直結している。思考によるヴィジョンが、三次元の空間に現実化していく。脳の中ではそんな三次元の空間がめまぐるしく変容する。

飛車が中央にいる、それは、相手の玉頭のラインにいるということだ。同時にそれは自陣の玉頭でもある。序盤に一樹は戦いのやり方を相手に提示した。飛車を中央のラインに置くことによって、大きな視野が開かれることになる。一樹はこの一手で、攻撃と防御を同時に存在させることを相手に伝えた。激しい戦いが予想される。

開始とともに、三次元世界に時間軸が加わった。一手前の局面から現在の局面へ、現在の局面から一手後の局面へ……。過去が、現在が、未来が、大脳の中で無数に重なっていく。重ねられていく。

駒がぶつかり始めた。可能性がある局面が無数に立ち現れる。

もしこの手を選択すれば、次の手は……次の手の可能性は……無限の拡がり……。もしそれとは異なる手を選択すれば、次の手は……次の手の可能性は……無限の拡がり……。

もしそれとも異なる手を選択すれば、次の手は……次の手の可能性は……やはり無限の拡がり……。

無限の可能性が、さらに次の可能性をはらんで立ち現れる……四次元の広がり……。

コンピューターは、そういった無数の局面を想定し、それを対象として検討するが、方法としては単に計算しているにすぎない。しかしその速さはすさまじい。一秒に何億手もの手を検索し、検討することが可能だ。それは、人間の思考の能力を遥かに凌駕している。可能性のある局面は、数手先でも億となる。それを人間は全て検討することはできない。する必要もない。

人間の大脳は、全てを検討しない。ビジョンにしたがって手を絞り込み、未来を読む。捨て去る。絞り込む。予想する。大脳はコンピューターとは異なる働きをし、それを遂行する能力を持っている。

真柴名人は、コンピューターに育てられた若い棋士だ。彼の大脳の中には、一樹の棋譜がストックされている。彼は、澤対策ソフトを開発し、対局に応用してきた。しかし、この対局では勝手がちがう。名人戦第四局、一樹が今まで誰も指したことのない新しい構想を登場させたからだ。それは何年もかけて練り上げ、ひそかに時が熟すのを待っていた新しい構想だった。

対局は早くも中盤へと進んでいた。消化されていく時間、残っている時間。これらをうまくコントロールしていかなければならない局面に入っていく。

新手の創造は、コンピューターにはできない。いや、かつてはできなかった。それがコンピューターの限界だったのだ。序盤のクリエイティヴな局面を創造することはできない。コンピューターにできること、それは多くの局面を検討し、評価関数に基づいた点数を付け、最善手を決めることだった。だからコンピューターは、序盤はなんとか定跡で乗り切っていた。

しかし今は違う。

ＡＩは、ディープ・ラーニングを行ってきた。クラスター分析、多次元尺度構成法といった統計学の手法を使い、あまりにも多くの局面の検討の結果、今まで教えられていなかった手にも対応し、またそんな手を、コンピューター自らが指すことができるようになった。

かつて、ニューヨークでチェスの名人がコンピューターに負けたことがあった。あのコンピューターは、徹底的に名人の解析を行い、その手の癖を知っていた。仮想敵との何千何万局もの対局の結果、癖を読み取っていたのである。そのため、名人に対して、いわゆる「新手」を出せたのだ。その「新手」に人々は驚き、コンピューターが自分で考えたと思った。しかし、コンピューターは計算をしていたにすぎない。膨大な局面に対峙《たいじ》する中で、「新手」を考案したように見えただけである。

そうだ。今は、違うように見えるだけだ。

コンピューターの精度がいくら上がったところで、やっていることは同じだ。同じことをやっているにすぎない。

計算である。

事実、真柴は、一樹の全ての手の解析を終えていた。一樹の手の癖といったものをコンピューターに読み込ませ、徹底的にそれと戦う練習をしてきたのだ。

コンピューターに指図するのは、あくまでも人間だ。評価関数にしたって、人間が作り出してコンピューターに覚え込ませる。だから、その指示そのものが大事なものとなる。何がやりたいのか。何をやらせるのか。そのことがなによりも大切なことだ。ＡＩは、ただそれに従って計算しているだけなのだ。

真柴はやろうとしていた。彼がコンピューターに指示したことは、一樹のバグを発見することだった。一樹のバグ、つまり欠陥を見つけ出すことだった。

彼は一樹の悪手、一樹を悪手へと誘導する手順をコンピューターに覚え込ませ、それと何千局、何万局と戦ってきたのだ。いわばシミュレーションしてきたのだ。真柴は思っていた。絶対に、一樹に悪手を指させてやる。そしてそれが敗着であった、と一樹に頭を下げさせる、と……。

真柴のコンピューターは、そうした指図で動いてきたのだ。彼はその意味で、コンピューターと合体していたと言える。

名人戦第四局、一樹は今まで誰も指したことがない新しい構想を登場させた。何年もかけて練り上げ、ひそかに時が熟すのを待っていた新しい構想だった。

一樹は今こそ、その新構想を世に問う時が来たことを確信した。それは、コンピューターのデータにはない構想だ。つまり、真柴もそれを知らない。

名人は長考に入った。額にあぶら汗が滲む。この対局でもし負けたら、名人は三敗となり、カド番に追い込まれる。名人位……棋界の頂点……それを奪われる。

一樹は中座し、茶室から廊下に出た。湖水を透過した光が揺れている。

(ここは不思議な空間だ。地中の息が聞こえる)

水中にある茶室は、地球の気息を伝えていた。

大地には、人間のありとあらゆる苦しみが沁み込んでいる。それを一樹は自分の目で見て知っている。コウベ・シティ……1・17……。

大地からの震えが一樹に届いてくる。肉体が潰され、焼かれた苦しみ、今このとき、地球で起こっている肉体のありとあらゆる苦しみが、大地を震わせて、ここまで到達してきている。対局の最中に、対局の最中だからこそ、脳内が局面の展開にヒート・アップしているそのさなかだからこそ、それゆえに……。

まざまざと映し出される。コウベ・シティに重ねられて……瓦礫の山積が……ニューヨーク……9・11……グラウンド・ゼロ……。

大地が問いかけてきた。……おまえは戦っている。地球上のあらゆるバトルと同じように……殺し、殺されるバトルと同じだ。

(俺は戦ってはいるが、畜生の勝負をしているのではない)

ふいに、碧水が言っていたことを思い出した。

「勝ち負けだけやったら、犬畜生でもする」

(犬畜生でもする……か)

碧水の言葉を声には出さずに繰り返し、ほっとため息をつく。

勝負とは何なのか。光が目を射た。

(しかし、人間が犬畜生に劣る勝負をする……こともある)

グラウンド・ゼロ……ニューヨーク……9・11……。

コンピューターが将棋に勝負を挑んできている。コンピューターの登場で、将棋も変わった。変わらざるをえなかった。将棋だけではない。さまざまな分野で、大脳の使い方が変わった。ライフ・スタイルはもちろんのこと、コンピューターからは、大脳そのものも影響を受けている。コンピューターは、勝負してきている。コンピューターは、戦っている。世界中で一番のコンピューターにならなければならない。そうでなければ企業も国家も、世界戦略に負ける。そうだ。二番ではだめなのだ。一番以外は転落する。それが、勝負というものだ。

しかし……。

（コンピューターには絶対にできない）

一樹は、現代に、いや現代だからこそ、コンピューターには絶対にできないことは何かを改めて示す必要があると思っている。

そうなのだ。コンピューターには絶対にできないことがあるのだ。

コンピューターには生み出せない世界を、一樹は感じ取ることができた。それは終局直前に現れる。独特の空気……その空気を一樹は、いつの頃からか、感じることができるようになっていた。大脳が燃え立ち、知の限界に挑むとき、それは、ふっと別の世界からやってくる。自分の内部が作り上げたものでもないし、自分の想像したものでもない。それはどこからか一樹の大脳にやってきて、場を占め、場をふわりと包む。大脳が極限まで活性したとき、つまり終盤のねじり合いの限界状況のなかで、それは一樹の脳のもっとも深いところに立ち現れる。そんなとき——

「負けました」

相手の声さえ、引き潮のように遠くに消えていく。

四次元の世界にはない、何かが現われたのだ。一樹の周りに五次元の波が打ち寄せる。

名人は負けた。一樹は、それも当然のことだと思った。これからは、コンピューターに何を指図し、何をやらせるのか……それが何より大切になっていく。そのことが時代を動かしていく。人のバグを探し回って何が名人なのかと思う。

「負けました」

名人の声さえ、引き潮のように遠くに消えていくのだった。

名人戦第四局八十一手で先手の勝ち　午後六時三十二分挑戦者勝ち　澤三勝一敗

感想戦を終えて、袴のまま茶室から湖上に上がり、湖の空気を吸った。空があった。行くあてはなかったが、浜を歩いた。歩きながら、ショウギ・ダイスキに携帯からメールした。

「私はまだ自分の脳に賭けているのです。あなた方とのコンビネーションが、私の脳に適応するとは思えない」

携帯を羽織の袂《たもと》に入れ、胸元を合わせた。冷えてきた。

湖面を渡る風が冷たい。対局でヒート・アップしていた脳が、次第におさまってくる。身体も心も、そんな風を受けて心地よくほどけていった。

一樹は目的に一歩近づいたことを感じた。いや、一歩どころではない。あと一勝で名人なのだ。あと一勝で棋界の頂点に立てる。しかもそれには手ごたえがあった。手ごたえは名人位奪取にだけ、あるのではない。自分の編み出した新構想、それに手ごたえがあるのだ。新構想で名人になる。棋士にとってこれ以上の喜びはない。これで、今までの自分の人生は全て報われる。報われるのだ。絶望の後の歓喜……歓喜は絶望が深ければ深いほど大きいという。それを一樹は身に沁みて知った。いや、自分はそれを知ることになる。あと一局で……。

ふつふつと湧き上がる喜びの中で、由佳を思った。

（妻を迎えに行く）

このとき初めて、一樹は「妻」と……彼女のことを、呼んだ。そしてもちろん、そんな自分に驚いた。だがその驚きは一瞬だった。自分も妻を……妻をめとることができる。家庭を持つのだ。奪われたもの全てを取り戻すのだ。自分には取り戻す権利がある。もちろん実力も……。

一樹の身体に若い力がみなぎってきた。男の力だ。そんな力があったことを、一樹は忘れていた。そんな力はこれまでの過酷な生活が剥ぎ取っていったものだ。だが、普通の、どこにでもいる若者、そんな若者になっている自分を素直に喜んだ。喜べる一樹だった。あたたかい家庭を築く。そしてそこには妻が……そう、由佳がいるのだ。


葦《あし》笛が聞こえてきた。湖面に向かって誰かが、たったひとりで葦笛を吹いている。笛の音は、ひょうひょうとせつなく響いた。そういえば、対局を記念して、地元の人が後夜祭で笛を披露してくれるらしい。後夜祭まではまだ時間がある。演者が試演しているのだろう。

湖に夕景が広がった。対岸に灯りが、ぽつ、ぽつと灯りだす。一樹は、葦笛を吹く人に数歩近づいた。その気配を察したのか、その人は、背を向けたまま向こうの山を指差した。

「あれが、比良山です」

対岸に静まる山が、比良山……。一樹は、この対局場のある守山市が、琵琶湖を挟んで比良山の南東にあることを思い出した。今までそんなことを意識する余裕はなかった。

そうか、あれが、比良か……。かつて、あの山のふもとをあてもなくさまよった。……だが今は、さまよっていた自分を哀れに思うだけの余裕がある。

「灯りをたよりに……」

葦笛を吹いていた人が、歌いだした。

灯りをたよりに
舟を漕ぎ出す
手漕ぎの舟を

愛しい人は向こう岸
闇に灯るは愛の証《あかし》
光に向けて漕げばよい

手漕ぎ舟が行く
ゆうらり、ゆらり、
空も湖もくろぐろと

ゆうらり、ゆらり、
舟は進まぬ
気ばかりが急く
はやく、はやくと

百夜
この闇を越えてきたら

思いを叶えよう、との約束を

信じて

ただ、信じて

一樹には、その恋歌が呼び覚ましたのか、比良の闇に由佳が佇《たたず》んでいるのが見えた。

（なんという情念だろう。百回の命がけの渡船……）

どうしているだろう。比良に帰ったのだろうか。あれから四年……その歳月は長すぎる。約束を信じていてくれるだろうか。待っていてくれるだろうか。もし今、自分が迎えに行っても、ただ迷惑なだけだったりしたら……。

ふと、疑念が胸をよぎった。自分はあのとき連絡先を渡した。それなのに、なぜ連絡してきてくれなかった。あの後、関西から関東へ、黙って所属を変えたのは自分だ。しかし、そのときまでには、かなりの時間があった。それなのに神戸に連絡はなかった。こちらから連絡しても、すでに彼女の行方は分からなかった。いや、彼女は連絡してきてくれたのかもしれない。しかしそれは遅かった。本当に遅かっただけなのか？　いや……不安が胸をよぎる。やはり連絡できなかったのでは……。

一樹はかぶりを振った。

（あれこれ考えていてもはじまらない。自分は、約束を……約束を果たすだけだ）

一樹は比良の暗闇に目をこらした。

九十九夜、一日も休まずに舟が行った。そして……。

今宵こそ百度目の夜
暗闇を行く手漕ぎの舟
灯りが……ない……灯りが……な……い
比良に灯りがなぜ灯らぬ

百番目の夜、いつもの灯りは消えていた。舟は、波にのまれてしまう。いったい誰が灯りを消した……愛の灯りを……。

思いがけない結末にぼうぜんとしている一樹に葦笛吹きが近寄ってきた。腰をかがめ、何かを拾い上げると、一樹に渡した。

「落ちましたよ」

「あ、すみません」

携帯を渡されて我に返った。袂からすべり落ちたのだ。しかし気づかなかった。どこに落ちたのかも見えなかった。すでに辺りには夜の帳が下りていた。町の明かりがぼんやりと、地面を照らし出していた。

「ありがとうございます」

礼を言う一樹に、葦笛吹きはつぶやいた。

「それにしても迷惑な……」

「すみません。練習中に、じゃましてしまって」

恐縮する一樹に、葦笛吹きは言った。

「いや、じゃまだなんて、そんなことはありません。この歌ですよ。必死に渡っていくなんて、恋の押し売りは、迷惑ですな。これはこの辺りに伝わる話なんですがね」

「いったい灯りを消したのは誰なのですか」

「誰だと思います？」

「誰かが彼らの恋に嫉妬《しっと》して？」

「ちがいます」

「じゃあ、誰がそんなひどいことを」

「恋人ですよ。百度渡って来いと言いながら、百夜目に恐れをなしたんでしょうなあ。まさか百夜も渡ってくるなんて思いもしない。こっちからあそこまで、ですよ。たらいの舟で……。だけど相手は命がけで渡ってきた。そんな恋の情念に恐れをなしたんでしょうな」

「かわいそうに」

「恋の押し売りはいけません」

「それで、渡ってきた人はどうなったのです」

「死にましたよ。波にのまれて……」

その恋人は、明かりが消えてしまった湖上をさまよい、波に呑まれたという。


そのとき突然、一樹の手の中で携帯の着信音が鳴りだし、辺りの静寂を切り裂いた。同時に画面が明るくなって、お互いの顔が闇に浮かびあがった。葦笛吹きの顔は、醜くゆがんでいた。皺《しわ》が幾筋も深く入り、その顔をさらに醜くゆがませていた。いや、ゆがんでいるのではない。笑っているのだ。それにしても醜い笑いだ。これが人間の笑い顔なのだろうか。その笑い顔はいつまでも消えなかった。なんとも不自然な笑いだ。そうか。能面を付けているのか……。

「だから『おろし』が吹き荒れるんですよ。恋にとらわれ、舟を漕ぎ続けた情念が、行き場なくさまよっているんでさあ。毎年春先になるとねえ、比良八荒が吹き荒れ、湖の舟をひっくり返すんです。迷惑ですなあ……あんた……そうは思いませんか。ねえ……ふっふ」

顔の皺が動いている。いや、葦笛吹きは能面を着けているのではなかった。素顔なのだ。それが分かった瞬間、一樹の背筋に震えが来た。携帯は、そんな持ち主の恐れを感じたのか、さらに大きく身を震わせて鳴っている。

それは、尚文堂清徳からのメールだった。一樹は驚いて携帯をじっと見た。携帯は、生き物のようにびくりと身をくねらすと、一樹の手を滑り落ちていった。葦笛吹きは背を向けて歩きだしたが、その場には彼の笑いだけが残って、それはいつまでも一樹の胸元にこびりついていた。

比良八荒
琵琶湖の湖上と比良山の温度差によって春先に起こる突風のこと。この風にちなんだ昔話が知られている。

琵琶湖の東岸に住まう娘が、比良の僧に恋をする。僧は、百夜通ってきたら夫婦になろう、と言う。娘は僧の庵《いおり》の灯りをたよりに、九十九夜、たらい舟を漕いで、湖を渡る。百夜目に庵の灯りは消えており、娘の舟は湖に沈み、娘は死ぬ。灯りを消したのが、僧本人だとする話と、風のせいとする話が伝えられている。行き場を失った娘の情念は、湖上をさまよい、春先に突風を起こし、舟を沈める、という。

毎年、船舶の安全を祈願して、春先には今なお湖岸で祈りが捧げられている。

（作者注）

七　比良八荒

名人戦第五局（於　兵庫県神戸市）

　名人戦第五局が兵庫県神戸市で行われる。一樹は水島に破門されて以来、神戸に足を踏み入れたことがない。破門される際に「目障りだ。神戸から出て行きなさい」と言われたからだ。だが名人位挑戦者として神戸に戻って来た。新聞は「澤、故郷に錦を飾る」と書き立てた。対局場は、神戸港が遥かに見渡せる高台のホテルである。

　タクシーでホテルの玄関に着いたとき、数十人のファンとマスコミに取り囲まれた。一樹は神戸出身の棋士だ。今は関東所属ではあるが、関西のファンにとっては、やはり応援したくなる棋士の一人だった。

　品の良い初老の夫婦に握手を求められた。だが、彼らはすぐに数人の主催者側の関係者に遮られた。それでも「お願いします」と頭を下げられ、一樹は夫人のほうの手を握った。あたたかく、優しい手だった。一樹の手に彼女の涙がほとりと落ちた。

「がんばって、がんばってね」

彼女は、それだけを言うのが精一杯のようだった。二人は「ありがとうございました」と繰り返しながら、何度か頭を下げた。将棋のファンではなさそうな感じだった。

「息子がね。あなたに似てるのです。震災で亡くなった……」

紳士のほうがそう言い掛けたが、声をつまらせ、それ以上は続けることができなかった。


控室で原田に言われた。

「ここまで来たな。神戸だ。ここで決めろよ。名人になるんだ。神戸で名人になる。それがおまえの使命だったんだと、みんなに納得させろよ」

原田は、解説会のゲストに招かれている、と付け加えた。

「おまえのおかげで、忙しいわ」

と、原田がにやりとした。

「僕の、無いこと、無いこと、言わないでくださいよ」

と、一樹が応じた。

神戸に帰ってきた。全てを失った神戸で、全てを取り戻すために……。

「先生は、どうしていらっしゃいます？」

やはり水島のことが気にかかる一樹だった。

「元気にしてらっしゃる。しかし今年限りで引退されるだろうな。今期が最後だ。今日、明日のこの名人戦、その立ち合いで最後だな……」

ふうーっと息を吐いて、原田は黙った。ややあって言った。

「なんだよ。『神戸から出て行け』と言われたくらい……いつまでも引きずるなよ」

「……」

「しんきくさい奴だなあ。この世界、勝った奴の言うことが通るんだ。勝ったのはおまえだ。おまえの意地を通せよ」

汽笛が鳴り、二人は同時に窓の外を見た。神戸港が一望できた。

「勝て……おまえは勝つしかないんだ。勝つことで、みんなに恩を返せ。神戸で勝って、言ってやれよ。これが俺の使命だったんだって」

ホテルで名人戦の前夜祭が開かれることになっている。そのとき、対局の関係者が全て揃う。その前に訪ねたい場所があった。神戸市役所の隣、東遊園地だ。その一角に阪神淡路大震災犠牲者の慰霊の場所がある。

池があって、睡蓮《すいれん》が浮かんでいる。その傍らの入り口を通って中に入ると、スロープになっている。スロープは下に向かっている。つまりこの施設は、全体が地中に埋められている構造なのだ。

スロープをたどって一番底のスペースに着くと、ネームプレートが壁一面に張りめぐらされていた。五千、いやそれ以上の犠牲者名が書かれてある。震災死に数えられる人々は、年々増えているのだ。

一樹は、父母の名前を探して見つけ出した。地中に彫られた墓碑銘の周りは静まり返っていた。手を合わせる。遺骨は、水島先生の計らいで澤家の墓地に埋葬されている。しかし、ここを訪ねたかった。たくさんの亡くなった方々の安らぎの場所で、両親が眠っていることを確かめたかったのだ。

上を見上げると、透明な池の底を透かして、水面が揺れているのが見えた。地上で花を手向《たむ》けている人が見える。しかし上にいたときは、下までよく見てはいなかった。花と花の間を透かしてまで、下を見ようとはしなかった。上にいたとき、見ていたのは水面だけだ。

ここには、生死の境が示されている。

死者からは見えているが、生きている人からは見えない。死者のどんな叫びも、生きている人には聞こえない。しかし死者には、生きている人が何をしているのか、全て見えているのだ。

――父と母はそんな地中で、いつも僕を見ているのだろうか。もはや悲しみや寂しさといった感情を持つことさえ許されてはいない地中の底で、自分を見ているのだろうか。生きている者に対して、死者は何ができるのだろう。死者として、何ができるのだろう。生きている者と死者との間で、何か交流といったものはない。生きている者と死者との間には、本当に何もないのだ。

だから、「ただ安らかに」と祈るしかない。

――しかし父も母も、こうして自分を見ている。見ている。見ている。じっと見ている。見ていてください。絶対に名人になる。名人になった自分を、見てくださ い。あなた方の息子が名人になる。他の誰でもない。あなた方の息子なのだ。

――名人になる。

このことが、このことだけが、一樹の人生を動かしてきた。一分一秒たりとも、このことから逃れたことはなかった。それが今、叶う。それが今、現実のものになる。

翌日始まった名人戦第五局は、水島九段を立ち合いに迎えていた。彼は、今期の名人が決まると引退するはずだ。名人戦は、先に四勝をあげたほうが名人になるシステムだ。第五局、つまりこの局で挑戦者が勝てば、名人が決定される。第五局は神戸だ。この局で決めたいという挑戦者の思いは強い。

名人奪取が、神戸市で成されることに、運命のようなものを感じているのは、挑戦者だけではなかった。

二日目の深夜、第五局は最終盤を迎えていた。一樹の新構想は素晴らしく、今回もまた、一樹の勝勢は決定的だった。しかも一樹はすでに最後まで読みきっていた。6四に角を打ちさえすればよい。この寄せの筋は、もう間違いのないものだ。名人位はもうすぐそこまで来ている。この駒を打てば、名人だ。そして六筋に角を打った。打った、と自分では思っていた。

「いかん」と思わず言って腰を浮かしたのは、立ち合いの水島だった。

それから数手後に、一樹はこう言って頭を下げた。

「負けました」

彼は駒台に手を置いて、頭を下げた。

最終盤、何が起こったのか。ほんの数手前までの「澤勝ち」の予想は大きく崩れた。控室も解説室も、何が起こったのかよく分からず、みんなが呆然となっていた。誰もが一樹の勝利を確信していた。メディアは、「澤名人誕生」という見出しを打ち出そうとしていた。事実、一樹は最後まで読みきっていた。彼の構想は見事に効力を発揮していたはずだ。それが……。

手違いだった。一筋間違えて角を打ったのである。そんなことがあるのか。そんなばかなことが……初心者でも、そんなことはしない。

（なぜ、こんなことが……）

感想戦では、一樹は一言も発しなかった。ただ呆然と盤面を見ていただけだ。立ち合いの水島九段が、「お疲れさまでした」と言って席を立った。真柴名人がマスコミに囲まれている。

廊下に出たとき、一樹は水島に会った。いや、水島は一樹を待っていたのだ。そして声をかけた。他の人には聞こえないほどの小さい声だった。

「病院に行きなさい」

水島は異変に気づいていた。少なくとも、あの手違いは、今、何かが一樹の中で起こっていることを意味している。一樹の陣の崩れの原因、それが果たして何なのか。水島はそれに気づいていた。少なくとも、これは将棋の問題ではない。

それをいち早く見抜いたのは、水島が一樹の師であったことから生まれた眼力だけではなかった。それは、やはり水島の親としての直観だったのである。

名人戦第五局二百七手で先手の勝ち　午後十一時五十分挑戦者投了　澤三勝二敗

翌日、一樹は一人で京都病院を訪ねた。京都病院には、一樹の小学校時代のクラスメイト、樫田勇樹がいる。樫田はすでに研修を終え、京都病院の眼科に勤務していた。あらかじめ連絡していたこともあって、樫田は一樹を待っていた。

「あのとき、目がかすんで……角打ちのとき、一筋間違えるなんて」

一樹はぽつぽつと語った。

「気持ちが焦っていたのは、本当です」

言い訳をするのはいやだったが、付け加えた。

あの後、目は正常だった。気のせいかもしれない。そうは思ったものの――いや、そうであればよいとは思ったものの、身体の深部に違和感があった。それが次第に一つの場所に集中されていく。つまり、両眼の奥に。

樫田医師は、昨日の名人戦はテレビで見たと言い、そしてさらに、絶対おまえが勝つと思っていたのだけれど……と付け加えたかったのだが、そんな感想を言っている場合ではなかった。樫田は医師として私語を慎んだ。その代わりに、検査の画像を見ながら乾いた声で言った。

「これまで、似たようなことはありませんでしたか」

一樹は、さあ、と首を振ったが、促されてこう答えた。

「先の対局のとき、琵琶湖の湖岸で携帯を落としました」

「それで」

「どこにあるか分からなかったので、拾っていただきました。……でも、かなり暗かったので」

とあわてて、また言い訳を付け加えた。

「ううむ」

樫田は画像を見ながら、ありのままを語った。

「何か両眼の奥にありますね。精密検査の結果をお待ちください。三日後、来てください。それが何か、はっきりするでしょう」

樫田は医師として言葉を選びながら、全ては精密検査の結果が出てからだと言った。続けて何か言おうとしたが、言えなかった。医師として慰めじみたものは言いたくなかった。ただ、この症状は治してやりたかった。もちろん医師としてだけではない。震災という同じ体験を越えてきた者として、なんとしても治してやりたかった。

今朝、すでに医師を引退している樫田の父親は、仏壇に向かって手を合わせていた。長い間、手を合わせていた。

「ここまで来て……ここまで来てなあ」

父親は、ため息まじりに、誰に言うともなく言った。

息子は、父親が何を言いたいのか、痛いほど分かった。父は幼い一樹に将棋を教えてやったのである。彼は背中で、何としても治してやれ、と息子に語っていた。

両眼の奥に何かがある。それが何かは分からない。精密検査の結果待ちである。何かができているのだろうか。腫瘍《しゅよう》だろうか。良性のものか、あるいは……。

もし悪性であるなら、もはや名人戦どころの話ではない。

神戸のメモリアルで、地中の寂しさを見た。今度は自分がその場に行くかもしれない。

一樹は、自分が地の底に存在していることを想像して、ぞっとした。自分があちら側にいることは、まだ想像したくはなかった。まだ、父母の呼ぶ声には、答えたくなかった。

では、生きていられたとして、どうする。どうなる。この場合、失明することも考えに入れておかなければならないのではないか。この先、失明して、どうやって生きていけばよいのだろう。それなら、いっそ、もうここで両親の元へ……？　いや、それはいやだ。絶対にいやだ。どうしたらよいのだろう。

考えは堂々巡りをして、行きつく先はないように思えた。

手術をすることになったとしよう。いや、それはまだ分からない。分からないことを、今くよくよしていても仕方がない。とはいうものの……やはり考えは堂々巡りをするばかりだった。

　こうしている間にも視力が落ちていく。確実に昨日より落ちている。このまま見えなくなっていくのか。見えない。見えなくなっていく。水島の顔も、原田の顔も、朝子の顔も、見えなくなっていく。その前に見ておかなければならないのは、何だ。

　それは誰よりも彼女の顔ではなかったのか。妻に迎えに行くのではなかったのか。しかし、こんな自分が妻にしたいと言ったところで、どうなるのだ。

　そんなふうに思いに沈んでいたとき、携帯が急に鳴りだした。尚文堂からだった。

「名人になろうとしている方に隠し事をしていることは、私の本意ではありません。私の知る限り、調べた限りをお伝え致します。以前お伝え致しましたように、あの花屏風は、京都の門跡寺院にあります。そこに、碧水画伯は、ご遺言で埋葬されたそうです。なお、枕辺にあったとあなたが主張される女性の裸婦像は傷みが激しく、何が描いてあるか分からないため、価値がないということになり、処分されたそうです。他の身の回りの品と共に、あの介護付き病院の焼却炉で焼かれたそうです。ヘルパーさんが、遺族の方、多分奥さまに頼まれて焼却なさったそうです」

　そのメールによって、一樹はあの花屏風のこと、また彼女の裸婦像をまざまざと思い起こした。あの屏風。あの屏風には、由佳が描かれてあった。美しかった。

今、このときにそんな考えが湧き起こることに、彼は戸惑いを覚えた。しかし、これが人の性《さが》のようなものなのか。男の性か。「名人になる」という志以外何もなかった人生に、「名人になる」ために何も楽しいことがなかった人生に、あのときだけは別だったのだと今となっては思えるのだった。

こうしている間にも、視力は落ちていく。

あの屏風があるのは美術館ではなく、碧水の墓所のある門跡寺院だ。それならば自分でも、頼めば見せてもらえるのではないだろうか。

いてもたってもいられなくなって、その門跡寺院に連絡してみた。

ところが、屏風はすでにそこにはないということだった。

「あの屏風は、碧水画伯の三回忌を終えた後、当山ゆかりの寺に移しました」というのが、寺院の答えだった。

「そのお寺は、どこの、何というお寺なんですか」

重ねての問いに、その寺の名前が告げられた。

比良の観音寺《かんのんじ》である。滋賀県の比良にある門跡寺院の末寺に送ったらしい。

「あいにく詳しい者が席を外しておりまして」

寺は理由を言いにくそうにしている。せっかく寄進された稀代の名作を末寺に送ったのには、何か事情があるらしい。比良に行って聞いてみるしかない。どうしても比良に行かなければならない。一樹は意を決した。

なぜ、比良へ。原田は多くを尋ねず、それでも車を出してくれた。やはり頼れるのは原田しかいない。こんなことを頼めるのは原田しかいなかった。日に日に視力の落ちていく一樹にとって、一人で比良山に登るのは無謀なことだった。

神戸から比良までは遠かった。かつて、分け入っても、分け入っても山だ、と思ったことがあった。車でも、それは変わらなかった。車はカーヴするごとに山のふところに分け入っていく。花折峠にさしかかると、まだところどころ雪が残っていた。

「花折峠か。ちょっと休憩したほうがいいんじゃないか。まだだいぶあるぞ」

原田はそう言って車を止め、一息入れた。

「ふうん。修験道《しゅげんどう》の人がここから山へ入っていったんだって。樒《しきみ》の花を折ったから花折峠と言う、かあ。それにしても古い道しるべだなあ。こっちでいいんだよな」

古くは若狭から鯖《さば》を運搬した鯖街道と言われる道をたどって、花折トンネルを越えると、さらに山は深くなっていった。

比良の観音寺は、京都の門跡寺院の末寺だという。寺のほうで連絡しておいてくれたのだろうか、庵主《あんじゅ》さんが迎えてくれた。きさくな感じの人だったが、どことなく品があって、それがこの寺の格式を表しているようでもあった。

本堂に上がると、正面に大きな厨子《ずし》があった。人の身長くらいもある大きなものだ。

「ご本尊様が観音様なのでね」

と言いながら、厨子を少し開けてくれた。

「滋賀は、観音信仰の盛んな土地なのですよ」

碧水画伯の三回忌終了後、花屏風は、表具の技によって扉絵に作り直されていた。その扉と扉の間に、等身大の観音像がわずかに透けて見えた。

庵主さんは、

「これがお尋ねの花屏風です。今は内扉になって、ここで私どもと共に、観音様をお守りしております」

と語った。一樹は、「この屏風のモデルの由佳と知り合いです」と告げ、じっと観音像の扉絵に目をこらした。

「やはり、なにかわけがおありのようですね。私に分かっていることは、お話ししましょう」

庵主さんが語り始める。

由佳は祖父が亡くなってから、祖母と二人、この寺に身を寄せていた。祖母は寺の手伝いをしており、由佳には京都の高校を卒業させた。その後、京都の門跡寺院で行事の折々の手伝いをしていたところ、鷲尾碧水の目に止まった。彼は花屏風のモデルを探していた。「どうしてもモデルにしたい」という申し出に応じることになった。

モデルをしてから祖母の元へ帰るはずだったのだが、ぐずぐずしているうちに、突然祖母が亡くなった。急遽《きゅうきょ》その訃報に帰ってきて、寺の手伝いをしてくれていた。ゆくゆくは、なんとか身を立てるようにしてやりたいと思っていたとき、事件が起きたのである。

その日は、朝から霧雨が降っていた。まだ朝の早いうちから、一人の男の子が行方不明になった。村の人は総出で、警察と共に村を探し回り、山にも捜索の範囲を広げた。昼すぎになって、村の人が由佳も見つからないことに気づき、警察にも届けを出した。由佳と男の子、同時に二人が消えていた。

山の捜索が何度も試みられたが、無駄だった。唯一、崖のところに由佳のものと思われる雪駄が残されていた。由佳は、日頃は作務衣《さむえ》を着ており、雪駄を履いていた。

その後、奇跡的に男の子が見つかった。崖から転落して大きな木の枝に引っかかり、気を失っていた。しかし、由佳は見つからなかった。崖下には急流が渦を巻いていた。男の子が回復して聞いてみたところ、「お姉ちゃんに助けられた」と言った。お姉ちゃんは、崖の下に転がっていった、と。

由佳の消息は途絶えたままだ。


途中から、一樹は真っ青になっていき、そして嗚咽《おえつ》を漏らした。

(何もしてやれなかった。俺は、何もしてやれなかった)

庵主さんは、肩をがっくり落とした一樹に寄り添い、耳元でささやいた。

「あなたが、お約束の方でしたか」

一樹は、ただうなずくしかなかった。

「由佳のことは、私も妹のように思っておりました。あの子は、将棋の駒を肌身離さず持っておりまして、私にも見せてくれました。きれいな筆致で、美しく流れるように書かれてありました」

顔を上げた一樹の頬に一筋、涙が伝った。

「将棋が好きな方だと聞いておりました。そのお方は、いつか名人戦に出る。そうなったら、あの子、差し入れを作って持っていくんだ、って言って……」

庵主さんの目にも涙が溢れた。

「なにぶん田舎《いなか》の子でね。言葉が足りません。分かってやってくださいね」

庵主さんの一言一言が胸に刺さり、一樹はいたたまれなくなっていった。

(何もしてやれなかった。俺は、本当に何をしていたんだ)

思念が狂い始め、それはうねりのような渦巻きになって一樹を襲った。

庵主さんが、続ける。

「お寺では、寄進された花屏風を大切にしておりましたが、鷲尾家の確執《かくしつ》……お聞き及びかもしれませんが、碧水画伯と奥さまとの……まあ……何やかやに……花屏風を京都に置いておくことを断念いたしました。ちょうどその折も折、こちらの観音様の内扉が壊れたのです。お扉もだいぶ古くなっていたのでね。こちらは、風が強いところでしょ……」

一樹は拳を握りしめ、床を何度も叩いた。まるで自分自身を打擲《ちょうちゃく》するかのように。

かつて、澤一樹は人を殺したいと思ったことがあった。相手は、鷲尾碧水だ。

身体の奥の深いところから突き上げてくる恋情が、老人に対する憎しみと一つになって、放射したのだ。

——この老人、許せない……。

本当に殺すための一歩を踏み出した。止めたのは、画磔堂だ。彼は、「そんな割の合わないことはやめておけ」と、一樹を制した。しかし怒りは、今もなお一樹の心の中で燃えている。燃える火は紅蓮《ぐれん》のように立ち昇り、首筋を伝って眼球の奥にまで到達していた。

もう一方では、慙愧《ざんき》の念が、彼をじわじわと責め立てていた。

——いったい、おまえは由佳に何をしたのだ。取り返しのつかないことをしておいて、よくも、平然と将棋を指せたものだな——

そんな思念の激流もまた、同時に湧き上がってきていた。それらは、彼の背中へと湧き上がり、首筋、そして脳内に流れ込んだ。その激流は、今、眼球の奥にまで達している。

庵主さんが、黙って扉を開いていく。

あのときと同じだ。
花屏風が開かれていくとき、感じたのと同じときめきが、一樹の内部に起こっていた。
花屏風は扉絵になって、開かれていくごとに、闇に光が指していく。
ゆっくりと開かれていく。
それに合わせるかのように、闇に光がさしていくのだった。
ゆっくりと開かれていくごとに、風が吹いてきた。
扉絵の中から、風が吹いてきた。

観音様から、風が力をもらっていく。

温かい力が加わっていく。

比良からの風。

春に初めて吹く風が、まるでこの場所から吹き始めるかのように舞い始めていた。

「この辺りには、『比良八荒』が吹き荒れます。初春の嵐です。ちょうどこの頃、吹く風なんですが、そのとき、修験の人たちが、琵琶湖の畔で行事を行います。『比良八講』と言います。その行事で風は『荒れじまい』……つまり、それでおしまいになり、やっと琵琶湖に春が来ます。修験の人は、山に入りますが、そのときには、現世からあの世へと境を越えるのです。修験の人は、修行が終わるとまたその境を越えて、こちらに戻って来られます。生死の境を行き来したということで、まるで神さまのような存在になっておられるのです」

――由佳はその境を越えたのである。越えてあちらの世界に行ったのだ。行ってしまったのだ。そして、もう戻っては来ない。

一樹の目からは、涙が溢れてきた。泣けば泣くほど、ますます視力が落ちていった。涙の彼方に由佳の姿が見えた。扉絵には由佳の像が描かれてあった。しかし、はっきりと目を開けたとき、その像は真っ暗になっており、もはやいかなる彼女の像も結ぶことはなかった。

翌日、一樹は、京都病院に検査の結果を聞きに行った。検査結果は、いいとも悪いともいえないものだった。悪性の腫瘍という最悪のケースを恐れていたのだが、幸いそうではなかった。ひとまず胸を撫で下ろす。しかし何かが視神経に絡みついているのは事実だ。それを切除することはできない。それほどまでに絡みついている。徐々に視力が落ちていき、やがては失明することが確実だった。

樫田医師は言った。

「なんとかしてやりたいのだが……」

「だめなのか」

重ねて問う一樹に、樫田は言った。

「絡みついているのは事実なのだ。それを切除することはできない。しかしどうしてもそれをほどかなければならない。切除しないでほどく。でもそんな困難なことをどうやってやればよいのか。海外にも事例が少なすぎて」
薬剤で溶かす。ほどく。あるいは切除する。薄く切除していく。いや、それだって、困難だ。どうすればいい。樫田は途方に暮れた。

名人戦第六局は、島根県隠岐郡隠岐の島町で行われる。それは二日後に迫っている。恐らくこの対局はもう無理だ。不戦敗である。では次の対局はどうか。名人戦最終局、あと一局で終わりなのだ。そこでも不戦敗なら、今期は名人が防衛ということになる。一樹の場合、あと一勝が果てしなく遠かった。

名人戦第六局　島根県隠岐郡隠岐の島町　挑戦者不戦敗　澤三勝三敗

今期名人戦の最終局は、大阪府三島郡島本町水無瀬で開催される。水無瀬駒発祥の地、それが水無瀬だ。
一樹の駒袋には水無瀬駒が入っていた。由佳にあげた一枚の駒「玉将」は、その駒袋から取り出したものだ。彼女は「将棋が強くなれますように」と言って祈ってくれた。それ以後、一樹の駒袋の水無瀬駒には「玉将」がない。彼は、玉と王がいつか揃うようにと心の中で祈り、戦いを続けてきたのだ。

水無瀬駒を一つ取り出した。「王将」だ。その駒は、指の感覚が覚えている。だが、「玉将」と「王将」が一つの駒袋に納まる日はもうやってはこない。二度とやって来ることはない。それでも一樹は、その駒をいつまでも握りしめていた。

八　水無瀬・神の駒

将棋には神がいる。

日本では古来、何にでも神の存在を認めてきた。火の神、水の神、太陽神、月の神、そして芸道の神たちだ。

将棋には、人智を超えた神がいる。

そう信じてきた水島朝子は、その日も神棚の水を換え、柏手《かしわで》を打った。

「どうぞ、澤一樹を助けてやってください。どうぞ」

その日、将棋会館では、名人戦対策理事会が開かれていた。次の対局は、水無瀬神宮で行われる。名人戦第七局、つまり最終局だ。名人か、挑戦者、どちらも星三つで並んでいる。水無瀬の勝敗で全てが決まる。しかし一樹にはほとんど視力がない。第六局と同じ、不戦敗の気配が濃厚であった。

実際のところ、対策理事会は、挑戦者不戦敗として今期名人戦を終わるという事態を了承することに傾きかけていた。

「残念ですな」

「まことに」

という理事たちの話で、会はお開きになりそうだった。

そのとき水島が、突然口を開いた。

「皆さまは、石田流三間飛車の定跡をご存じでしょう。あの定跡が生み出されたのは江戸時代です。今まで残ってきた事実から考えても、大変優秀なものであったことが分かります。ご存じのように、石田流は、石田検校が創り出されたものです。検校、つまり盲目の棋士です。江戸時代、石田の視力を皆でカヴァーし合って、天才を育《はぐく》んできたといえる。我々は現代に生きている。現代のほうが、カヴァーの点では格段に進んでいるはずだ。現代のこの進んだ時代に、目が見えなくなったといって、あたら若き才能を切り捨ててよいものでしょうか」

正論だった。

会には、日頃石田流をよく使う棋士がいた。また、石田流から新戦法を編み出した棋士もいた。アマチュアに人気のある石田の戦法を解説に行ったばかりの棋士もいたのである。みんなが石田とその時代の恩恵をこうむっている。

なんとか、ならないか。

なんとか対策を練って、名人戦をやるべきだ。

会の意向はその方向に傾いていった。このまま連続の不戦勝で名人が防衛したところで、おもしろいことは何もない。名人だって、不戦勝で名人位を守って、何が名人位防衛だという気概があろう。

しかし、盲目の棋士をどうカヴァーするのか。

話は具体的な方策へと移っていった。一人の理事が口を開いた。

「電龍戦のように、やってはいかがでしょう。先日私は電龍戦の立ち合いに行ったのですが、あのやり方は使えます」

「電龍戦？　そうか、なるほど」

比較的若い層に属する人々が敏感に反応する。つまり、ロボット・アームを使うのだ。澤挑戦者の反応に応じて、ロボットがアームを使って将棋を指すのである。

電龍戦はコンピューターと人間の戦いだ。だから人間とロボットが向き合って将棋を指した。アームは、コンピューターの指図で将棋を指していたのである。今期名人戦は、名人と視力のない一樹との戦いとなる。将棋盤に対峙するのは、名人と挑戦者の反応を読み取って動くロボット・アームになる。

早速、電龍戦を参考にしたロボットの手配がなされることになった。準備が急がれる。「水無瀬」まで、本当に時間がないのだ。

名人戦最終局の前日、水無瀬神宮に、真柴名人、澤挑戦者、そして立合人たちが参集した。

明日対局で使われる駒を検める儀式が執り行われた。水無瀬駒である。かつて正親町天皇が水無瀬家の当主兼成に「駒に字を書いてよろし」との特別な許可を賜った、とされる由緒正しい駒であった。

それとは別に、足利義昭公の注文による象牙《ぞうげ》の駒が披露され、あわせて将棋盤も披露された。本カヤの太刀目盛《たちめも》りだ。将棋盤に目盛りとなる線は、太刀で引かれている。また、側面の飾りは蒔絵《まきえ》だった。蒔絵は徳川時代のものである。皆が、食い入るように見つめる。

歴史が立ち昇ってきた。将棋という日本文化の歴史は、ただ勝負の歴史だけではなかったのだ。将棋の歴史には国宝クラスの技術が盛り込まれている。けっしておろそかに考えてはならないのだ。一同、襟を正す。

こうして続いてきた名人戦に、また一頁が付け加えられる。明日は、いよいよ名人戦第七局である。午前九時、名人戦二日制の長い勝負が始まる。

名人戦第七局（於　大阪府三島郡島本町水無瀬）

一樹は、朝から覚悟を決めていた。命をかける覚悟である。目が見えなくなった彼には、盤が見えないだけ、確実に不利であった。ヘッドフォンから聞こえるコンピューターの音声だけを頼りに、八十一枡《ます》を脳内に描かなければならない。彼の声をマイクロフォンで拾ったコンピューターが、連動しているロボット・アームを動かすのだ。

真柴名人とロボットの間には将棋盤があるのだが、一樹には、その将棋盤は見えない。今まで、ただひたすら前へ前へと進んできた。もちろん視の方向もそうだった。しかし今度は勝手が違う。視の方向が違うのだ。視は、眼球の奥へ奥へと進んでいく。その奥にあるのは、八十一枡の将棋盤だ。

水無瀬は静まりかえっていた。対局は水無瀬神宮の奥殿で行われる。名人と挑戦者の二人は、神の間とも言われる奥殿に通された。

名人戦第七局には、改めて振り駒が行われ、先後が決定される。記録係が、歩を五枚持って振る。トが三枚。その結果、澤、先手となる。

「定刻になりました。始めてください」

立ち合いの一言が、厳かに響く。その後、一樹の一手まで、咳一つ聞こえない。

先手の一樹は、飛車を振った。三間に飛車。

「石田か」

「石田流三間！」

控えの間では、検討の棋士たちの、唸《うな》りとでもいう声が湧き上がっている。

視力のない一樹が指す石田流、もともとは目の不自由だった石田検校が考え出した将棋の駒組みだ。数百年の年を隔てて、しかし確実に、石田流がよみがえっていく。

石田流は、７六に飛車が上がり、右は美濃《みの》囲い。そういう局面を目指すのだが、そこまでが遠い。相手は、そうはさせじと、その計画を粉砕させる気でかかってくる。はめ手も多い。序盤ですでにねじり合いの模様となった。

そのとき、一樹の内部では、あるもう一つの戦いが始められていた。

一樹には、二度、記憶がないところがある。

震災後、水島先生に引き取られた頃……。

東京……将棋も何もかもを忘れてしまった頃……。

しかしどちらも、将棋が引き戻してくれたのだった、こちらの世界に。


父さん……。


倒壊した家屋の柱の間から、一樹を差し出した父親……。

「先生、もう行ってください。一樹をお願いします」

そのとき火柱が立って、その場にいた者をまともに襲ったのだ……。

その一瞬前までの幸せな日常、それが砕け散った。一樹は泣くことも忘れたかのように、ただ奥歯を噛みしめていた。歯が折れてしまうのではないかというほど、奥歯を噛みしめていたのだ。

水島の左半分と一樹の右半分にはひどい火傷が残った。それを見るたびに、トラウマとなった心の傷が、形を持って迫ってきた。

そして、記憶の中でもっとも深いところにある闇。

母親の死だ……母親というかけがえのない存在の死……どうしても乗り越えられない記憶の闇……。

ハジメ、母ノ身体ハ熱カッタ……熱ヲオビタ頬ヲ、僕ノ頬ニ当テテキタ……最後ノ力ヲ振リ絞ッテ、僕ノカラダニ自分ノカラダヲ添ワセテキタ……強ク抱キシメラレタ……耳元デ「カズキ、カズキ」ト呼ブ……「ドウシタノ？　熱ガアルノ？　ママ」……オモイヨ……ママ……

母ノ胸ノドキドキガ止マッタ……母ハシダイニ冷タクナッテイッタ……冷タクナッテシマッタ……セメントガ固マルヨウニ、重クナッテイッタ……僕ニ手足ヲ絡マセテ母ハ息ヲ引キ取ッタ

一樹の肉体に絡みついている母親の肉体……しがみつき絡みつく、死を迎えた植

物の枝……最後に何かに縋りつくように、伸ばしてきた幾本もの枝……。

それらに絡みつかれていたのは、一樹その人だったのだ。

これらの深層意識の中に、彼は、かつては溺れていた。そこには絶望しかなかった。しかし今は違う。今、一樹は、これらの意識の詳細を冷静に見つめようとしていたのである。

深い意識の中で彼がしたことは、ただそれをじっと見つめることだけだった。何の評価も下さずに、ただじっと見つめていた。抑圧はしなかった。また同時にそこから、次々と妄想を生み出すこともなかった。

だから、彼の意識はそこにあった。彼の歴史、彼の周りとの運命ともいうべき歴史が、ただそこに在《あ》った。その上で、彼は戦っていた。この局に集中していた。

指し手の個人としての意識は、対局の場には関係ないように見える。しかし人間の大脳はコンピューターとは違う。コンピューターの感じない悲しみや苦しみ、嫌悪や虚脱感を全て感じながら、それらを超越する技法を編み出すのだ。だから、コンピューターと比べて、一手に込めた重みが、比べものにならないほど重かった。

だから、その一手一手に神戸が泣いた。神戸が泣いていた。

「神戸」とは何か。
それは経験だ。震災という経験だ。「神戸」と言っただけで、口にはざらざらした砂のような感覚が残る。それは震災の後、降っていた粉塵だ。町中を覆っていた粉塵だ。彼はそれを吸い、吐いていたのだ。彼の喉が、気管支が、そして肺が、それを覚えている。建物の倒壊と共に、雨のように降り、そして積もっていく粉塵を吸った感覚だった。

そんなざらざらした感覚から、どうしようもない感情が湧き起こり、その感情は情念を生んだ。その情念には、誰も逆らえないほどの強烈な激流が伴う。人間は、その情念に溺れてしまうのだ。情念の激流に流されて、どこまでも流されて、やがては絶望の岸にたどりつく。そしてそれは、誰にも乗り越えられない重い経験になる。あらがえないのだ。だから人は、絶望の淵に沈んでいく。それに負けて溺れてしまうのだ。溺れて、遥か彼方に広がる大空を、ただ憧れて望み見るだけの生活を強《し》いられる。

――くそっ。負けてたまるか。

何度、一樹はそれに立ち向かおうとしたことか。何度、歯を食いしばって立ち上がろうとしたことか。

過去の経験に負け続けてたまるか、過去は変えられないのか、絶望の色を帯びた過去を変えることはできないのか——と心の中で叫びながら。

何度も何度も呼び起こされる過去。何度も何度も立ち昇ってくる過去の痛み、熱、そして恐ろしいまでに自分を覆い尽くす過去という魔物。

それらは、火傷となり、母親の死体の冷たさと重みとなって、絶えず一樹を苦しめた。本当にそれらに立ち向かうことはできないのか。

そんなとき、必ず一樹の内部では血が流れていた。血の涙が溢れていたのだ。

しかしいつの頃からか、一樹はそれらの記憶をじっと見つめるようになっていた。対局中も、じっと見つめていた。見ながら、感じながら、身を切られるようなつらさに耐えながら、それでもじっと見ていた。見ることによって、過去という絶望から未来を作らないのはどうしたらよいのか、ただじっと見つめて考えていたのだった。

そうしたとき、やっと彼は理解した。

過去のつらい出来事を捨て去ることはできない。全てを無に帰《き》すことはできないのだ。忘れ去ることもできないのだ。逃れることなんか、できないのだ。

ただ、過去からは未来を作らない。過去に縛られた未来を生きないことだ。そのために、何をしなければならないのか。
「今」を注視することだ。「今」に全力を集中するのだ。今を生きる。今を生きき
るしかないのだ。将棋名人戦第七局に全力を傾注するしかないのだ。
そう思うに至ったとき、一樹は、母の手足の絡みつきが、少しほどかれるのを感
じた。父からも、母からも、過去の記憶からも、それらとの関連を感じながらも、
自由になっていくのを感じていた。
ああ、この眼球の奥の、何かの絡みつきも、今はゆるやかにほどかれていく。と
同時に、奥歯の噛みしめもゆるめられていく。ほどかれていくのだった。
「神戸」というものが超越されようとしている。そのとき、一樹は過去がエネルギ
ーに変容するのをおぼろげながら感じ始めていた。

パシッ……。

駒が打ち下ろされた。その後には静寂が広がる。一手指された後に訪れる静寂
……。
その静寂が、対局場を支配する。静寂は、指した名人の内部にも、それを聴いて

いる一樹の内部にも広がっていった。

その静寂をもたらしたのは、音だ。水無瀬駒という神の音だ。駒を作ったのは人間だが、あたかも駒に宿っている精神があるかのように、それに込められた思いは次の世代へ、また次の世代へと受け継がれていく。

水無瀬兼成が、この駒の書体を考案した。彼の書体は、「駒の銘は水無瀬公の筆をもって宝とす」と称賛されたほどだった。関ケ原へと流れていく動乱の時代に、平和への願いを込めて書かれたのだ。王将、飛車、角行、金将、銀将……というように、静かな筆さばきで、流麗な字体を完成したのだった。


打ち下ろすとき、すずやかな音が響く。数えきれない棋士たちが指してきた水無瀬駒。その駒からは、神の音とも言えるような音がする。水無瀬神宮の神は、それを受け入れているのかもしれない。

神の音が聞こえる。それは名人と挑戦者、二人の全身にも響いていった。

神の音を受けて心眼が開いたのか。一樹に新手が出た。石田流三間飛車のさらなる新手だった。この手は、コンピューターを遥かに凌駕していた。

一樹は確信した。

自分というものは、あるエネルギーを持っている。それは過去からやってくるエネルギーだ。過去の忌まわしいことから生じるエネルギーも、嬉しかったことから生じるエネルギーも、全て自分を作っているエネルギーなのだ。そしてそれは、確実に周囲に影響を及ぼしている。

自分はどんなふうに周囲にエネルギーを発しつつ、周囲に影響を及ぼしているのだろうか。自分はやがて死ぬだろう。早い遅いはあるとして、人は誰でも死んでしまう。そこに残るのは、さらさらした砂のような骨だ。誰でもがそうなる。自分は幼いときからそれを見てきた。「見るな」と言われても、それを見て、感じてきたのだ。

しかし、それで終わりだろうか。自分の発したエネルギーは、残ってはいないのだろうか。

この対局から発しているエネルギーは大変なものだ。かつて、大山七段と升田八段が、高野山の寺院の一室で名人戦挑戦者決定戦を戦ったことがあった。その部屋は、今も公開されている。いわゆる高野山の決戦が行われた場所だ。かつて一樹は、その部屋に入室しようとして、あふれんばかりのエネルギーを感じたことがあった。

そのエネルギーは、思わず入室を躊躇させるほどのものだった。人と人が対局という本気の場面でぶつかり合ったとき生じたエネルギーは、両者が亡くなっても、やはりその場を支配していると言えた。

今の一樹は目が見えないが、心の目が彼の前に見せる風景は、広くて深みを帯びていた。海のように広がっていった。海の深みも同時に広がっていく。海の上に広がる大空もそうだった。大空は限りない深みがあった。星はその深みを見せて広がっていく。いや、広がりというよりも、限りなく深く、いわば底のない深みを見せていた。

その中で、生物が自己を保っていくことは小さいことだ。いずれ死に至る人間は、穏やかな海に還りつつ、宇宙と一つになることを実感する。

いい一局にしたい、という思いが打ち寄せるように湧いてきた。それは、人間にしかできないものだ。そこにあるのは閃《ひらめ》きと個性であり、それが波のようにぶつかり合うのだった。

本当によい対局にしたいのだ。

一樹の思いはたった一つだ。名人も自分も、そして対局に関わった全ての人々が、「本当によい対局だった」と言える対局にしたいのだ。みんなのためによい対局にするという思いが広がって、やがてそれは周りに及んでいく。

「ありません」

名人の声だ。名人の投了を告げる声だった。名人は、今こそ、挑戦者との間に気の還流といえるものを感じていた。気息が通い合った瞬間であった。

彼は名人位を失った。しかし、

「私は、あなたの前に座れてよかった、と思います」

と語った。感想戦での一言であった。

名人戦は桜の頃に開かれる。桜の蕾がほころんで、やがて満開になり、それが乱舞していく。対局が進むと共に、桜の花びらは散り、そして舞った。

「桜譜」というのは、古《いにしえ》の和歌にしたためられていそうな古風な言葉だ。棋譜が、幾枚も幾枚も舞い散っていくさまを表している。桜は、そのようなことも知らぬげに、ただひたすら、いつまでも舞い続けている。そしてその中で、新名人が決定される。

名人戦第七局四十一手にて先手の勝ち　午後一時半、澤挑戦者勝ちで名人となる

桜譜が舞い散る中に、由佳がいた。かつて桜樹と共に屏風の中にいた彼女が、手の届くところにいる。両眼の奥、いっそう深いところに、ひときわ強く輝く場所があった。彼は今こそはっきりと実感した。

（生きている）

その感触があった。

（そうだ。彼女は生きている。妻は生きていてくれる）

比良へ、彼女をもう一度探しに行こうと思った。今こそ、探しに行かなければならない。目の奥の深い部分が強く彼に促している。やがて目の奥の虚像が実像になるときが来る、きっとやって来る、と信じられる一樹だった。

一樹は、対岸から比良を見たときのことを思い出した。守山での第四局名人戦のときのことだ。感想戦を終えて、袴のまま茶室から湖上に上がり、湖の空気を吸っ

た。空があった。行くあてはなかったが、浜を歩いた。湖面を渡る風が冷たかった。身体も心も、そんな風を受けて心地よくほどけていった。

湖に夕景が広がっていく。あれが比良山……。対岸に静まる山が、比良山……。そうか、あれが、比良か……。かつて、あの山のふもとをあてもなくさまよった。そして、由佳を探した。今では目の奥に、はっきりと彼女が存在していた。彼女を探しに行こう。きっと待っていてくれる。

自分の目の中で、虚像が実像になる瞬間が訪れる。そのときにこそ、本当に過去の経験を乗り越えることができるのではないだろうか。そのときにこそ、本当の目が開かれていくのではないだろうか。

この時代を生きていく。
この時代を共に生きていく。
生きていてください。どうか、必ず生きていてください。

駒袋の水無瀬駒を握りしめた。

「玉」は宝玉を表している。「王」は王さまだ。「玉将」と「王将」が揃わなければ、将棋にはならない。片方だけでは、けっしてならないのだ。

水無瀬の駒はそれを教えてくれている。遥か昔、駒に字を入れた人が、そう教えてくれているのだった。

完

著者プロフィール

金子 瑞穂（かねこ みずほ）

1953年生まれ。大阪府立北野高等学校卒業。
静岡大学人文学部人文学科哲学専攻卒業。
神戸大学大学院博士課程単位取得修了。学術博士。
1995年（阪神淡路大震災）の前後７年間、神戸大学にてドイツ語を講義する。
著書『水無瀬駒』（桜谷みずほ名義、2011年、文芸社）
　　『心を看とる生き方』（2015年、東洋出版）
　　『ナイチンゲールの窓を開けて』（2020年、文芸社）
作詞・作曲作品「神戸からの風」（2009年）

桜譜

2021年１月17日　初版第１刷発行

著　者　金子 瑞穂
発行者　瓜谷 綱延
発行所　株式会社文芸社
　　〒160-0022　東京都新宿区新宿１－10－１
　　　　電話　03-5369-3060（代表）
　　　　　　　03-5369-2299（販売）

印刷所　株式会社暁印刷

ISBN978-4-286-22214-1